雑木林の奥に見えたのは、一軒の豪邸だった。有咲は、その大きさや豪華さもさることながら、こんな山奥に建っている意外さにしばらく立ちつくした。闇と霧が幽霊屋敷さながら不気味にしていた。誰も足を踏み入れないような奥深い山中に、こんな大きな一軒家があるなんて、現実離れしているように感じた。歩いて来たこの一本道だけが、この屋敷と世間をつないでいるのかもしれない。まるで夢と現実をつなぐトンネルのように感じられた。

有咲は、寒さでがくがく震えながら、はじめ幻覚を見ているかもしれないと思った。[illegible]りの少女のように、暖かい灯りを眺めながら眠るように死ぬのかもしれない、と

[illegible]くアプローチを進み、玄関ドアに近付くと、人が住んでいる気配が感じられた。[illegible]れされており、箒がかかっていた。屋敷の駐車場には、一般車の他に高級車も[illegible]持ちの別荘だと思った。塀が無く、駐車場も開放的だった。無防備なのは、こ[illegible]辺に人が滅多に来ないせいだろう。防犯カメラが数台、屋敷の周辺を睨んでい[illegible]に現実感があった。

[illegible]いているということは、人がいる。助かるかもしれない、と思った。有咲は、[illegible]余裕も無く走り寄って、玄関の呼び鈴を探していた。

[illegible]はすぐに見つかったが、鳴らすのを躊躇《ためら》った。運がいいかどうかは、尋ねてみて

からしかわからない。ここの住人が、お金持ちだからといって、慈悲深い心を持っているとは限らない。少なくとも有咲の知っているお金持ちは、冷淡だ。汚らしい家出娘を信用して、同情から泊めてくれるとは限らない。冷たくあしらわれ、凍えた体でパトカーに乗る羽目になるかもしれない。

ヤクザかもしれないし、犯罪者が滅多に来ない家の所有者に無断で入り込んで潜んでいる可能性も否定できない。運が悪ければ、命に危険が及ぶかもしれない。どのみち死ぬのなら、凍え死んだ方が綺麗だろうかと、一瞬考えた。辱めや苦痛を受けずに、静かに逝けるだろう。体が凍えるに従い、恐怖感は薄れるに違いない、と思った。

有咲は窓から中の様子をうかがおうと試みた。カーテンの開いた窓枠に指を引っかけ、精一杯背伸びをして中を覗こうとしたとき、庭の奥から一人の男性がいきなり現れた。50歳くらいの筋肉質で背の低い不愛想な男で、有咲を見て怒鳴りつけた。

「誰だ！　何をしている!?」

心臓が止まりそうなくらい驚いて、窓枠から指が滑り落ちた。有咲は慌ててその場から逃げ出した。恐怖から無我夢中で泣きながら走った。男は、追いかけてこなかった。

先ほどの車道に出た。心臓がバクバク激しく音を立てていた。入ってはならない世界に迷い込んだような気になった。しかし、このままどこへ行くというのだろう？　息苦しかった。しばらくして呼吸が整うと、逃げてきた真っ暗な小道を振り返った。

あの男性は、この屋敷の住民だろうか。親切そうではないが、悪人には見えなかった。彼に頼るしかない。有咲はそう考えた。このままでは凍え死んでしまう。

彼女は、小道を引き返した。生に対する執着心に自分でも驚いていた。

戻ると、屋敷の玄関の大きなドアが開いていた。中で先ほどの男と、同年配の大柄な女が何やら話しながら立っていた。有咲を待っているようだった。

年配の夫婦がこの山荘に住んでいる。犯罪者ではなさそうだ。有咲は少し安心した。

「どこから来た？　一人か？」

怒ったように男が尋ねた。

「そんな恰好でこんな所にいたら、死ぬぞ。」

ぶっきらぼうな言い方だった。有咲は、その男が人並みの親切心を持ち合わせていると感じた。この二人は、自分を救ってくれるかもしれない。そう思って、彼女は、震えながら懇願した。

「助けてください。道に迷いました。寒くて死にそうなんです。」

二人は、しばらく胡散臭そうに有咲を見ていたが、やがて女が無表情なまま男に言った。

「主人が彼女を中に入れてやるよう言っています。入れてやってください。」

「主人は、彼女を見たのですか？」

男が驚いて聞き返した。

「見たのでしょう。主人がそう言いました。」

そう言い放って、女は屋敷の奥へ引っ込んだ。男が、有咲の方を振り向き、訝しげな表情で、「こっちへ来い。」と言った。有咲は寒さに背を押されて、急いで中に入った。背中越しに重いドアがバタンと閉まった。

リビングに案内された。

火のついた暖炉の前には6人は腰掛けられそうな長いソファがあり、壁には小さな油絵が3枚飾ってあった。大きな食卓があり、サンルームに面していた。窓越しに見える地上には灯りが一つも見えなかった。街灯りを見下ろせる所ではないとわかった。サンルームから見える外は墨を塗ったように真っ黒で、月だけが明るかった。

有咲は目を凝らして暗闇の正体を知ろうとした。切り立った崖だろうか、昼でも暗い雑木林だろうか、それとも広々とした草原だろうか。少なくとも、随分山奥にいることだけ改めて思った。

ふと窓に映る自分の姿に視線が移った。白く痩せて不健康に思われた。

有咲が、真っ黒な窓に向かって自分を見ながら突っ立っていると、先ほどの女が現れ、ダイニングテーブルに軽食を出してくれた。

「何か食べた方がいいんじゃないか。」

さっきの男がリビングの入口付近に立っていて、素っ気なく言った。有咲を見張っていたに違いない。そして、「ご主人は優しいな。」と、吐き捨てるように言って、リビングから出て行った。

女がダイニングテーブルの椅子を引いてくれた。有咲が座ると、ニコリともせずに厨房らしき奥に引っ込んでいった。

広いリビングに一人とり残された。

暖炉の火が暖かかった。食事も暖かかった。

一人でとる食事には慣れていた。

こんなにおいしい食事は何年ぶりだろう。そう思うと、涙が込み上げた。具の多いシチューを涙ぐみながら頬張った。母の作ってくれた食事を思い出した。ちゃんとした料理を食べたのは、母親が出ていって以来ではなかろうか。

母は、他に男ができて、家に帰ってこなくなった。父の母に対する愛情が冷めていたことも理由だろう。家庭は離婚の数年前から冷え冷えしていた。しかし、母は有咲に優しく接してくれた。有咲の好きな料理をよく作ってくれた。今思えば、喪失感や悲愴感が笑顔の奥にあったと思う。ふと母がいなくなりそうな気がいつもしていた。でも、大丈夫とその都度自分に言い聞かせてきた。予感は的中したが。

真っ黒な窓ガラスに映る自分の顔が母に似ていると思った。

美しいと思った。

食事を終えると、奥に向かって言った。

「ごちそうさまでした。有難うございました。」

女が現れ、無言で食器を片づけ始めた。男もリビングに入ってきた。

全身に生命のエキスが行き渡ったかのようだった。体が暖かく軽くなったように感じた。

「あの、ご主人はどこにおられますか？　お礼を言いたいのですが。」

男が言った。

「必要ない。風呂に入って寝ろ。」


有咲は女に連れられ、階段を上がった。女は相変わらず不愛想で、終始無言だった。二階の廊下の突き当りにバスルームがあった。

バスルームはガラス張りで、とても広かった。湯船に滝のように湯が流れ込み、パネルに森林の風景が映し出されていた。間接照明が幻想的な光景をつくっていた。外は相変わらず真っ暗で、月だけが見えた。

いつかテレビで見たリゾートホテルのビューバスみたいだと思った。

「素敵。本当にこれに入っていいのですか？　いつもご主人はこのお風呂に入っておられるのですか？」

「さっさと入って、済んだら呼んでください。」

女は面倒くさそうに、呼び鈴を指さして一瞥すると、さっさと行ってしまった。有咲はたじろぎながらも女の背に礼を言うと、そそくさと脱衣所に入った。

彼女は、洋服を脱いで、バスルームに入った。中は温かく、足元も心地よかった。綺麗なボディスポンジが置いてあり、手に取ってみると、肌触りが良くて気持ちよかった。ゆっくり体を洗った。石鹸もシャンプーもいい香りがした。広い湯船に浸かると、大きなため息をついた。親戚の家に行くことになって以来、シャワーしか使ったことが無かった。久しぶりに呼吸をした気がした。ずっと息もまともにしていなかったかもしれないことに気付いた。

こんな贅沢な夜を過ごすのは、生まれてはじめてだ。いや、それだけでない、一生に一度のことかもしれないと思った。夜空高くに白く光る月を眺めながら、有咲はこの山荘の主のことを思い浮かべた。

彼は身元の知れない有咲にとても親切だ。叔父や叔母でさえ疎んじていた彼女を屋敷に迎え入れ、温かい待遇を与えた。温厚な笑顔の壮年男性がなんとなく思い浮かんだ。お金持ちで優しくて道徳心に満ちた人に違いない、そう思うと、想像上の主人に好意を感じた。是非、会ってお礼を言いたいと思った。しかし、迷惑になることもわかった。名前も言わなければ顔も見せない男性に、信用されているわけではないことは想像できた。

湯に浸かっていると、ふとバスルームの硝子越しに誰かがいるのが見えた。曇っていてよく見えなかった。背が高い男性のようだった。さっきの男性ではない。こちらを見ているようだった。

有咲は、恐怖と恥じらいを感じて、バシャバシャと湯音をわざと大きくたてた。

男の影は消えた。

ホッとしたが、風呂から上がることにした。警戒しながら脱衣所に出ると、有咲の服が無いことに気付いた。かわりにナイトガウンが置かれていた。さっきの男性が持ってきてくれたのかもしれないと思った。自分の安物の汚い洋服も洗濯してくれるのかもしれないと思った。

ナイトガウンは上品で清楚なデザインで、するりと腕を通すと、背中に触れる感触が柔らかく温かった。高級品に違いないと思いながら、ベルトを結んだ。


まるで高級旅館に泊まっているような気になり、鼻歌を歌う自分に有咲自身も驚いた。廊下の窓から月を眺めていると、先ほどの男が現れ、寝室に案内してくれた。有咲への警戒心は少し薄れているようだった。

幾つもある部屋の一つに導かれた。

「すごい。」

中を見て、思わず声がこぼれた。

「ここは、奥様のために用意された寝室なんですよ。」

男は有咲を見て言った。落ち着いた薄いベージュの壁に、ブラウンの分厚いカーテンがかっていた。天井が高く、山景が見渡せそうな大きな窓があるようだった。大柄の大人二人が楽に眠れそうなほどの大きなベッドの周囲は間接照明になっており、窓側の向かいに見るからに高級なアンティークの机と本棚が置かれていた。反対側には広いクローゼットがあり、いつか広告で見た最上級ホテルのスイートルームのようだと思った。

「私が寝ていいのですか？　奥様は？」

「いませんよ。主人は独身ですのでね。いずれは結婚したいと思ってらっしゃるのでしょう、部屋の一つを女性用に準備されているんですよ。」

有咲は意外な答えに少し驚いた。

「ご主人は若いんですね。」

それには答えず、男は出ていった。

ドアが閉まると、有咲は少し考えた。若いとは限らない。失礼なことを言ってしまったかもしれない。しかしすぐに思い直した。でも怒ったりしないだろう、優しいから。有咲は、見知らぬ主人を信頼していた。

彼女は、清潔なシーツの上に横たわった。

なんて気持ちいいのだろう。こんなベッドはもう二度と味わえないかもしれない。柔らかい布団を体中で感じながら、陶酔するように目を閉じた。

恋人か婚約者に用意されたベッドに、今夜迷い込んだ家出娘が寝ている。

「親切すぎやしないかしら。」

天井を仰ぎ見ながら、小さな胸が躍りだすのを感じた。


主人はどんな男性だろう。何歳だろう。もしかして若いのだろうか。ハンサムかしら。

有咲は、まだ見ぬ屋敷の主に興味をひかれた。

ふと、先ほどバスルームで見た人影を思い出した。スリムで背が高かった。

格好いいと思った。影に恋した気分だった。

私と恋に落ちないかしら。足長おじさんみたいに。

図書館で読んだ本のことを思い出していた。有咲は、興奮してクスクス笑った。まだ見ぬ主人のことを想像し、昂る気持ちを抑えるようにうつ伏せになった。

「そして、結婚したりして。」

すると、優しい人と一緒に、こんな素敵なお屋敷に住める。あそこに帰らなくていい。

有咲は高揚感で胸が熱くなるのを感じた。地獄から一転して、天国に舞い上がったようだった。明日には会えるかしら？

そう思うとすぐに寒々とした暗雲が心を曇らせた。

「馬鹿みたい。そんなわけないのに。」

自分に言い聞かせるように言うと、有咲は仰向けになり天井を見た。

見知らぬ家出娘に、どこかのお偉いさんが会うなんてことは考えにくい。しかも自分は不健康に痩せていてみすぼらしく、まだ18になったばかりだ。お礼を言うことすら煩わせるだけだ。たぶん主人は顔を出さないだろう。あの男が交番に私を送り届けて、縁が切れるのだろう。それが現実だ。深いため息が出た。

でも、自分はこの親切に感謝しなければいけないのか。命を救ってもらい、迷惑をかけていながら十分なことをしてもらっているのだから。有咲は納得できずにいた。主人は冷淡でないのは勿論、何も悪くないのは確かだ。有咲とは別々の人生を歩んでいるだけだ。

また涙が溢れそうになった。明日には、地獄のような現実に戻る。皮肉にも苦しみが増したように感じた。またあそこに戻るというのだろうか？　戻らないだろう。私はどこへ行けばいいのだろう？　有咲は、めまいのようなふわふわした感覚に酔って、目を閉じた。

足元の灯りを消すと、部屋は怖いくらい真っ暗になった。

様々なことが頭に浮かんだ。

誰も心配していない。それは、生きようが死のうがどちらでもよいと思われていて、自由というより孤立や隔絶であり、自分の命が虫螻蛄《むしけら》と同じように扱われているのだと思われた。虫螻蛄は、それでも精一杯生きるのだろう。人は生きられるだろうか？

人の存在価値は、自分で決めるものではないように感じられた。ただ生きている、それだけだと思った。

母親の不倫で陰口を言われるようになり、その頃からだったと思う、情緒不安定になった。友達を失って一人でいることが多くなった。ほどなく母は家に帰ってこなくなった。父は有咲を一人で育ててくれたが、愛のあるものではなかった。いつも深い孤独の淵にいるようだった。そのうち、父も家に帰ってこない日が増えた。他に女ができたに違いないと思った。

有咲は祖父母に引き取られたが、経済的に困るようになった。いじめの前兆のようなものは感じていたが、身なりがみすぼらしくなった頃から、学校で意地悪されるようになった。高校に進学しても、同じ中学校の生徒からのイジメは続いた。それはやがて高校のクラスメイトに波及した。

悲劇はいつまでも続くように感じられた。それこそ、死ぬまで。

叔父に引き取られることになってからも、辛い生活は続いた。

厄介者が転がり込んだという本音が露骨に表れていた。収納用スペースが有咲に与えられた空間だった。そこに有咲の荷物もすべて入っている。食事も別で、有咲の部屋に、毎朝炭水化物と飲み物が運ばれた。学校から帰ってくると、食卓に置いてある夕飯を自分で持って、物置部屋に戻るのだ。昼食代はアルバイトで賄った。携帯の費用は父の口座から自動引き落としになっていて、切られずに済んだ。携帯の利用料金だけが父からの唯一の情けのようなものだった。

居候のような生活だったが、勉強さえしていればいい、そのうちこの家を出て、専門の資格を取り、自立できると思えば我慢できた。

　有咲は、遠い地域の大学に進学しようと考えていた。学費が免除される大学を探した。奨学金制度のことも調べた。有名大学に合格すれば、父も少しは生活費を支援してくれるだろうと考えていた。有咲は、死に物狂いで勉強した。どんなに苦しくても、辛けれぱ辛いほど、頑張って勉強した。偏差値が上がることが、何よりの救済だった。元々頭は良く、成績は良かったが、学費免除の枠に入るには、それ相当の努力が必要だった。


　ある日、叔父と叔母に呼び出された。彼らの話で、いい話だったことは一度も無い。嫌な予感がしていた。

　何年かぶりにリビングに入ると、伯父と叔母が向かいのソファに座るよう指示した。従兄弟がニヤニヤしていた。有咲は覚悟を決めることにした。

　進学をあきらめてほしい、と言われた。

　予想通りだった。この期に及んで、この人たちはまだ私を苦しめるのか。有咲は恨みがましく思った。

「3月半ばには進学のためここを出ます。もし、学費がかかるようでしたら、合格しても進学しません。そのときは就職活動して、ここを出ます。」

　目を伏せたまま彼女は冷たく言い放った。

「いや、学費だけじゃないでしょ。生活費はどうするの。もう18歳になるのだから、働くのが筋じゃないかな。贅沢できる立場じゃないよね？」

　叔父の冷淡さに、同席していることが我慢できないほどの嫌悪を感じた。

「勉強じゃなく、就職活動してほしいのよ。」

　叔母が、せがむように言った。

「食費や光熱費だけじゃないの。参考書とか模試費用とか出してあげたでしょ？　色々お金がかかってるの、わかってるわよね。受験代だって何万もするじゃない。交通費もかかるでしょう。勉強なんかしてないで、アルバイトを増やしてほしいくらいなんだから。」

　18歳になるのを機に厄介払いしたいという夫婦の思惑が露骨に感じられた。そこにあるのは冷たい無関心だけだ。居候を置いておく場所も金も無いし、あっても使いたくないといったところだろう。彼らが裕福ではないことは知っている。父は経済力がありながら、娘を放棄し、彼らに押し付けているのだ。叔父や叔母が、有咲に冷淡な理由は理解できないこともない。しかし今、外に放り出されて、一体どこに行けばいいというのだろう？　18歳とはいえ、まだ何もできない子供なのだ。


　気付いた時には、何も持たずに列車に乗っていた。２００円の切符だけ握りしめて、どこまでも乗り継いでいた。

　まるで夢の中にいるようだった。灰色の街並みが通り過ぎてゆき、やがて建物が田んぼや草原の中にポツンポツンとまばらに見えるようになった。どこまで来たのだろう？

有咲のすぐ横で、幼い子供が滑って転んで泣き喚いた。子供の泣き叫ぶ声も有咲の心に届くことはなかった。子供の母親が慌てて助け起こしているのを、無表情に見ていた。

「大丈夫ですか？」

子供を抱きかかえる母親に聞かれた。

2時間も乗っていたら、広大な山々が見えた。車窓の風景に心惹かれ、そこの無人駅で下りた。

列車が駅を離れたのを見計らって、改札を通らず、フェンスを乗り越えた。警察に捕まってもいいと思ったが、他に下車した人はいず、誰にも見られなかった。

山に向かって車道が伸びていた。有咲は、車道を歩き続けた。ほどなく人家が見えなくなった。裾野に広がる緑は清々しかった。空気が冷たかった。

山裾が重なり連なる山並みは青々と美しく、やや傾きかけた陽が車道を明るく照らしていた。小鳥たちのさえずりは、幸福に満ちているように感じられた。

自分を愛してくれる親がいて、友人がいて、虐められることもなく安心できる学校生活を送り、進学もする。それが有咲の考える普通の高校生で、そんな風に過ごしたかった。

そんな生徒ばかりではないことは知っている。それでも彼女は、多くの生徒と同じようにあるのがどちらかと言えば当然のように感じ、そうありたいと願い続けた。しかし現実は、不遇な境遇から抜け出せずにいる少数派に属している生徒だと気付くことになった。

みんな私がいなければいいと思っている。

有咲は、幾度となくこの考えを頭から追い払いながら生きてきた。進学もせずこのまま社会に出ると、社会にもそう言われるような気がした。

自殺しようと思って、家出したわけではない。気が付くと、こんな所まで来てしまっていた。どの辺りかもよくわからない。

あの汚染された空気から解放されたのが良かったのだろうか。新鮮で澄んだ空気は、甘く美味しかった。大自然に囲まれ、生き物たちの息吹に触れながら、自然の一部に溶け込んだかのように歩き続けたことも良かったのかもしれない。陽が沈み辺りが暗くなる頃、急に怖くなった。自分の命の危機にはじめて気付いたようだった。この山荘の住民に救われ、自殺未遂に終わったようなものだった。

涙が流れた。

慌てて両手で拭った。布団を汚さないよう、泣かないよう努力した。

今は夢を見ていいのだ。山奥で誰にも惜しまれず凍え死んでいたかもしれない私に、一晩だけとはいえ心地よい夢を見せてくれている。背の高い王子様が白馬に乗って現れ、シンデレラをダンスに誘ってくれる夢だ。しかも王子様はとても優しくて心から有咲を愛してくれている。馬鹿げていると思っていた少女たちの共通の夢が、やはり自分の心の中にもあって、今はそれが救ってくれていると感じた。少なくとも今いる私の足長おじさんは、一晩は私に援助してくれる。

有咲は目を閉じた。今夜は夢の中にいよう。朝になれば、おそらく覚めるのだろう。何も無かったように跡形も無く。


いつの間にか眠っていた。体が熱かった。熱があるみたいだった。

熱い息遣いを感じた。目を開け周囲を見回したが、真っ暗で何も見えなかった。部屋に人の気配を感じた。幻覚のように不確かだ。まだ夢の途上にいるのかもしれないと、朦朧《もうろう》とした意識で思った。


朝起きると、枕元に高級感のある美しいドレスが置いてあった。

洗濯物が乾かなかったのだろうか。だとすれば、乾くまでここに置いてもらえるのだろうか？　少し期待が胸に沸いた。それともお金持ちだから、このくらいの服はくれてやるとでも？

ドレスを着て、鏡台の前に立った。

自分でも驚くほど見違えたようだった。みすぼらしく薄汚かった昨日までの自分はもういない。目の前にいる美しい女子が、確かに自分だと確認しなければいけなかった。気付けば、自分は過ぎし日の記憶の中にある両親と過ごした少女から大人になろうとしていたのだった。

リビングに行くと、食事が用意されていた。

二人分だった。他に誰かいるのだろうか？　リビングを見渡したが、昨夜の二人が立っているだけだった。もしかしたら、主人と対面できるのだろうか。昨夜の空想が尾を引いて、気分が高揚し顔が火照るのを感じた。

変に緊張している自分を戒めた。期待するなんて馬鹿げている。恥ずかしかった。ちゃんとお礼を言わなくてはならない。これ以上、迷惑をかけないようにしなければならないのだ。深呼吸をした。

40歳くらいの背の高い男性が入ってきた。鼻が高く、外国人のような顔立ちだった。冷徹にも見える理知的な目元で穏やかな笑顔を浮かべていた。物腰は上品でスマートだった。昨夜の男女が、長身の男性に挨拶をした。有咲はそれを見て、主人だと思った。会ってくれたのだ。

「よく眠れたか？」

主人は、有咲に尋ねた。声をかけられて、有咲は驚いて悲鳴を上げそうになった。

「はい。お陰様で。有難うございます。」

ドギマギしながら答えた。有咲が変に意識しているのを気にする様子もなく、主人は食事を摂り始めた。

「ところで、君のことだが、君はこれからどうしたい？」

　有咲は返事に詰まった。

「正直に言え。」

　主人は、半ば強引に半ば親切に言った。有咲は、厚かましくて断られると思ったが、勇気を振り絞って言った。目の前の男性が、心の広い優しい人に見えたからだ。

「しばらくここに置いてくださいませんか？　私、家事ができます。」

　有咲は自分の声が震えているのを感じた。主人が、使用人らしき男女の方を見た。彼らは首を横に振った。女が言った。

「要りませんよ。ご主人一人くらい、身の回りの世話は私一人で十分ですし、外の仕事はこの子には無理でしょう。川村《かわむら》だけで十分ですよ。」

　男も頷いた。主人が、有咲の方に向き直った。

「使用人は足りている。しかし、いたいならいいだろう、しばらくここにいなさい。ただし、ただいるだけでは迷惑だ。今後のことについて、もう少し話そう。」

　主人は早々と食事を終えると、すぐに席を立った。出しなに有咲に言った。

「君、名前は？」

「笠原《かさはら》有咲です。」

「そうか、アリサか。私は栄一《えいいち》・ミラー。彼らは、使用人だ。川村と村木《むらき》。食事が終わったら、書斎に来るように。」

　そう言って、出ていった。

有咲は、今起こった出来事が想像と違っていたので、しかも有難いことに自分と向き合ってくれるというではないか、沸き立つような嬉しさで混乱しながらも、何とか頭を整理して冷静になろうとした。

私の話を聞いてくれる。私の将来について一緒に考えてくれる。しかもここにいていいと言ってくれた。

なんて優しいのだろう。喜びで胸が一杯になった。やっぱり外国にもルーツのある人だった。有咲は、思った。エイイチ・ミラー、エイイチさん。心の中で繰り返した。

有咲は朝食を済ませると、川村に案内され、書斎に向かった。


書斎には図書室のように本がたくさん並んでいた。窓際には椅子があり、座って本が読めるようになっていた。勝手口もあって、書斎から直接外に出ることもできた。陽が差し込んで暖かく、昼寝をしたくなるような心地よさがあった。

奥のソファに、パソコンを持った栄一が座っていた。有咲を見ると、来るよう指示した。

「ネット時代も、本からの情報は重要だ。読みたい本はいつでも読んでいい。」

本も貸してもらえるのか。有咲は益々彼の温かい人柄に惹かれた。信頼して自分に良くしてくれる栄一に対して、心の片隅に残っていた警戒心や不信感が、霧が晴れるように薄れていくのを感じた。有咲は、経済学や歴史、数学、物理などの本が並んでいるのを眺めた。

パソコンを見ながら、栄一が言った。

「笠原有咲。18歳になったか。少し遅いけれど、今夜誕生祝いをしよう。」

有咲は、はじめ自分の耳を疑った。そして、栄一の優しい笑顔を見て、聞き間違いではないと確信した。見知らぬ自分のために、その誕生を祝ってくれると言ってくれた。親や親戚ですら祝ってくれたことが無かったのに。栄一に、切ないほどの強い好意を感じた。まさか恋愛感情ではないだろうと思った。

母が出ていって以来、初めて誕生日を祝ってもらえる。不要だと思われていた私の誕生を栄一さんは祝福してくれる。

「君は、ＳＮＳに色々書きすぎるな。不幸な私日記みたいだ。詩や散文も書いて投稿しているようだね。佳作になっているのもあるな。たしかにこれは賞を取るだけあるかもな。」

栄一が面白そうに言った。

「君のことは何でも知っている。最近の若者はすぐにＩＴに頼るからね。特に孤独な子はね。君が思う以上に、ネット上に君の情報があるよ。動画なんか出すべきじゃないと思うがね。」

栄一がパソコンの画面を有咲の方に向けた。ミュージカル女優の真似をして歌ったり踊ったりしている動画だ。女優になりたいと思っていたときだ。自分を見失わないために投稿した。応援メッセージがたくさん届いた。中傷と同じくらい。

「しばらくここにいるなら、学校には休学届を出した方がいいな。君の保護者と学校には私が言っておいてやる。」

　彼はパソコンを膝から下して、有咲に向き合うように座った。

「君はこれからどうしたい？」

「進学して、心理学を勉強し、心理療法士になりたいです。」

「専門学校か大学に進学して、資格をとりたいわけだ。高校の卒業資格はどうする？」

「高認に受かっています。」

「学校辞める気満々だったわけだ。」栄一は、笑った。

「いいえ、辞めざるを得ないかもしれないと思っていたから。」

　更に何か言いかけたが、栄一は遮って尋ねた。

「賢明だ。問題ないな。志望大学は？」

　意を決して言った。

「T大です。でも、…」

「金は私が出す。ここで勉強し、受験すればいい。」

　彼の言う一言一句が信じられなかった。なんて情が深い人なんだろう。素性の知れない自分を泊めてくれたばかりか、将来のことを考えて、援助までしてくれる。神の使いではなかろうかとすら思えた。長い間苦しみながらも努力し続けたから、神様が私に救いの手を差し伸べてくれているにちがいない。有咲は強くそう信じた。

「有難うございます。お金はきっと返します。」

有咲の大きな瞳から涙が溢れた。

「返す必要はない。」

栄一はきっぱり言った。

有咲は驚いて栄一を見たが、彼は彼女を見ることなく立ち上がった。そして、

「場合によってはね。」

と付け加えた。


人生は突然扉をたたく。

さあ、飛び立ちなさい、翼を与えよう。彼がそう言ってくれた気がした。

いつか何気なく教会に立ち寄ったことがあった。思わず救いを求めた時、鷲がボロボロになった古い翼を押しだして、新しい翼を得るように、あなたにも神のご加護があり、自らの翼を持って舞い上がることができると言われた。自分だけではない、天からの力が新しい翼を与える。

私は幸せになれる。道は開かれた。


「庭に出よう。」

栄一が言った。書斎の勝手口から外へ出ると、百日紅《さるすべり》の花の香がした。アベリアの生垣を過ぎると、広い草原が広がっていた。昨晩リビングで見た暗闇の正体を見ていると思っ

た。菊科の白い草花が辺り一面に咲いていて、陽に照らされながら揺れていた。庭から屋敷を振り返ると、それは旅館のように大きかった。小道を歩いていくと、山の中に続いており、鬱蒼とした山道を抜けると、やがて断崖に出た。

足元には深い谷があり、山々を見渡せた。胸が晴れ渡るような爽快な景色だった。

彼は機嫌が良く、歌を歌った。ここなら誰にも聞かれない、大きな声で歌える。物悲しい歌だった。日本語でも英語でもなかった。どこの国の歌だろう？

有咲も、自分の好きな歌を歌った。こんなに気持ちよく歌ったのは何年ぶりだろう。母がよく歌った歌だ。優しい歌声で、有咲に歌ってくれた。母に連れられ、有咲も歌やダンス、ピアノのレッスンを受けた。幸せな時だった。自分も母のように舞台に立ちたいと夢見ていた。

山荘へ戻る最中、栄一は言った。

「うまいな。習っていたのか。」

「母が女優だったんです。母のようになりたくて、私もレッスンに通っていたの。今は女優になりたいなんて思わないけれど、でも大学に行ったら演劇サークルに入ろうと思っています。」

人生を取り戻したかのように有咲は、楽しそうに語った。

「君は美しい。幸運だ。」

栄一は微笑んだ。有咲は、意外な言葉に一瞬戸惑ったが、力強く歩を進めた。

屋敷に着くと、栄一は自分の部屋に戻って行った。

有咲は一人取り残された。リビングで拭き掃除をしていた村木に尋ねた。

「栄一さんは今日お仕事お休みなんですか？」

「主人は、この家で仕事をされているのですよ。勝手に主人の部屋に入らない方がいいですよ。」

「ここが仕事場なんですね。どんなお仕事されているのですか。」

「なんだか、コンピュータのお仕事らしいですよ。私にはわかりません。」

栄一がリビングに来た。泣いているような顔だった。

「捜索願も出てないんだな。仮想の施設名で、預かるとメールを君の保護者に送ったら、あっさりお願いします、だとさ。確認もしない。君が犯罪に巻き込まれている可能性だってあるのにな。君の荷物を送るから、住所を教えてほしいと言われたが、断っておいた。」

怒りを噛みしめるように、栄一は言った。

「こんな親戚とは縁を切っておけ。」

「切らなくても、切れてるから。」

ふてくされるわけでもなく、有咲はあっさり言った。

寝室の一画にあった机を、勉強机として使うよう言われた。

午前中に、川村と一緒に街まで買い物に行った。都内まで車で2時間もかかった。受験参考書や問題集、洋服に靴や帽子、文房具に鞄など、全て揃えてくれた。帰ってくると、机に文房具や書籍を並べた。ベッド脇のクローゼットに洋服や鞄をおさめた。

ここは奥様の部屋。有咲は、心の中でつぶやいた。

有咲は受験勉強に集中していた。

わからないところは、栄一が教えてくれた、彼は学歴を言わなかったが、自分に教えられるくらいだから、きっと高学歴に違いないと思っていた。

疲れると栄一と散歩に出た。栄一は、毎日有咲の部屋を訪ね、勉強の様子を見るだけでなく、散歩に誘った。

栄一はこんな気持ちの良い所で、少しばかり何か仕事をして、贅沢な暮らしをしている。母は好きなことを仕事にしていたが、収入は不安定で、有咲が8歳になる頃には仕事をしていなかった。父は、大学で朝から晩まで働いていた。いつも大学か書斎にいて、遊んでもらったことなどほとんど無かったが、父親とはそういうものだと思っていた。父が高収入だから経済的に困ったことは無かったが、栄一との生活で味わうような贅沢ははじめてだった。

父は、自分の人生の成功を、頭が良い者が努力した結果だと主張していたし、有咲も学業成績が良いことが、人生の質を高めると思い込んでいた。大好きだった母を、どこかで人生の負け組のように思っていた。

そうではない。上手くやった者が勝者なのだ。世界は多様で広いのだ。そう思った。

朝早く、外国人が数人バンに乗って訪ねてきた。

栄一と親しいようだった。有咲は、彼らを二階の窓から見ていた。

どうも食料や日用品は、彼らに送り届けてもらっているようだった。栄一は、十分すぎるほどの金を彼らに渡していた。宅配に頼んだ方が安いのに。有咲はそう思ったが、多分、宅配業者もここまでは届けてくれないのかもしれないし、きっとあの外国人と親しいからだろう、お金があるからいいのね、と自分で納得した。

川村が、有咲に何やら荷物を運んできてくれた。

「受験に行くのに、マフラーや手袋もいるでしょう。」

包みを開けると、防寒用の衣服や小物だった。

「有難う。栄一さんが選んでくれたの？　そう言えばそうね、試験の日は寒いもの。」

クローゼットにしまいながら尋ねた。

「さっきの人たち、栄一さんの知り合い？」

「ええ、まあそうです。主人は、世界中に知り合いがいますのでね。女性も多いですよ。」

面白そうに川村が言った。

どんな女性たちだろう。有咲は思った。川村の表情から、魅力的で美しい女性たちが想像された。「奥様の部屋」にいる自分に気まずさを覚えた。ある日突然、素敵な大人の女性がやってきて、別の部屋に移動してくれとあっさり言われるような気がした。

「何か必要なものがあれば、彼らが持ってきてくれますから。何でもおっしゃいなさい。」

川村は有咲の気持ちの変化に気付く様子もなく、そう言って去って行った。


その日の午後のティータイムののち、いつものように散歩に出た。庭から離れ、山道に入ると、栄一は手を握ってきた。熱い視線と強く握られた手に、はじめは驚いたが、すぐに舞い上がるほどの喜びで胸が一杯になった。

シンデレラストーリーがはじまったように感じた。

たくさん女性がいると聞いたけれど、彼は私を選んでくれたのではないかしら？　彼は人生の喜びや意義だけでなく、愛も与えてくれるのではないかしら。突然舞い降りた幸運の天使が、自分に微笑んでいるような気がした。

硬く握られた手に、有咲は興奮と幸せを感じた。


その日以来、散歩で屋敷から離れると、必ず彼は手を握ってきた。それは痛いくらい強引で強く握られた。汗ばんだ手を放そうとしても、彼はそれを許さなかった。

数日もすると、彼は唇を求めてきた。

断崖にある岩に有咲を座らせて、肩を強く抱き寄せると、唇を押し付けようとした。彼は命の恩人であり、彼女の人生を救ってくれる人だ。そればかりか、とても親切にしてくれる。有咲は心から栄一が好きだった。有咲は、彼の気持ちを受け入れるのは自然なことのように思われた。

しかし一方で、キスは特別なことのように思われた。彼と関係を持っていいのだろうか？

考える暇は無かった。優しい彼の気持ちやプライドを傷つけるようなことはあってはならない。彼を拒絶する資格は自分には無いとまで思われた。もし、彼の好意を無碍にすれば、一変してしまわないか。全てを失うのではないか。

有咲は彼と唇を合わせた。

散歩は、気晴らしから、新たな目的が加わったような気がした。彼は、ただ気晴らしに歩きたいのではなく、有咲との関係を求めて、誘っているのがわかった。

使用人の目を気にする必要があるのだろうか？　その理由も有咲にはわからなかった。

彼は必ず山荘から離れた山道で手をつなぎ、断崖のところで、当然のように有咲を抱き寄せ、しつこいほどのキスを浴びせるのだった。

クラスメイトの誰一人として、自分と口を利かない。いると、罵られる。まるで汚い物を見るかのような蔑んだ視線を浴びながら生きていたとき、一学年上の先輩が、有咲を見て言った。

「あの子、可哀そうだ。」

優しい目だった。今でもよく覚えている。坂口《さかぐち》先輩だった。彼は背が高くて格好良く、成績優秀で運動神経も良く、女生徒の憧れの的だった。医師の息子で品が良く、優しい彼は誰からも好かれた。他の生徒が有咲のことで何か意地悪なことを言ったが、彼は遮った。

「そんなことないよ。そんなこと言うな。」

坂口先輩はそう言ってくれた。有咲は坂口先輩に恋をした。初恋だった。

彼には既に彼女がいた。胸が張り裂けそうなほどの片思いだった。教室の片隅で孤立している自分と、皆に羨ましがられている恋人たちとは、決して交わることのない世界に住んでいるようだった。毎日、自分が先輩の彼女で、彼と付き合っていることを空想して、つらい現実から身を守っていたように思う。

たぶん先輩と行くなら遊園地や美術館で、先輩は優しく手をつなぐと思う。強引ではなく、有咲の気持ちを気遣いながら。キスはしないと思う。するとすれば、ただ一度だけ、誰もいない公園でフレンチキスをするかもしれない。素敵な想い出になるような。

普通の高校生活を送りたかった。受験、期末試験、クラブ、両想い、デート、失恋や片思い、告白、友達と恋話。

私は栄一さんが好きだ。なぜ傷つくのだろう？

彼の手の握り方は強引で痛いくらいで、キスはむせ返るほど濃厚で、セックスみたいだと思った。

私はものすごく幸運で幸せなはずだ。地獄から彼が救い出してくれた。彼とのシンデレラストーリーを夢見ている。その彼が私を好きでいてくれる。なのに、不安で恥ずかしくて、戸惑っている。

その一方で、彼の行為に胸を焦がし、求めている自分も知っている。そしてそんな自分が、不潔で淫らに思えるのだ。


一人のクラスメイトが、たいして親しくもないのに、話しかけてきたことがあった。

「最近、彼と連絡がとれないのよね。」

どうも社会人の彼氏がいたようだ。大学生と付き合っている子も何人か知っていた。たいていある日を境に破局している。そして、たいてい肉体関係を持っている。

馬鹿だ、大人が高校生を本気で相手にするはずないのに。有咲はそう思った。

有咲のそんな感覚が、ますます孤立させたのだろう。クラスメイトの悩みに寄り添うべきだった。肉体関係まであった彼氏と急に連絡がとれなくなった彼女の不安や寂しさ、弄ばれたかもしれないという悲しさや怒りに気付くべきだった。傷ついているからこそ、友達よりも敢えて有咲に打ち明けたのかもしれないのに。

その私は、もうすぐ40歳にもなる男性を恋人だと思い込もうとしている。きっと愛されているはずだと自分に言い聞かせている。あの時の彼女と同じだ。

騙されている。

誰かの声がした気がした。

有咲は、11月の模試でA判定をもらい、都内の一流大学の合格圏に入った。

栄一にそれを伝えると、栄一は少し考えていたが、進学していいと言ってくれた。喜んでくれているようだった。

その晩、寝室に彼が現れた。

セックスの経験がある女子高生は3割だと聞いた。高校の性教育の授業だ。避妊具を使うようにとか、妊娠した高校生の話とか、愛があればセックスしていいかとか、そんな話だった。

大人の男性と関係のある子も知っている。しかし、40歳近い大人の男性と関係を持つのは、有咲の高校に限れば自分だけかもしれない。有咲は、心乱れたまま考え続けた。好き合っていればいいだろうか？　親は何と言うだろう、絶対ダメだと言うだろう。先生もダメだと言うだろう。なぜダメだというのだろう？　無責任なセックスで妊娠するかもしれないからだろうか？　それなら避妊すればいいということになる。

栄一の考えることなどわからない。20年も年上の大人の男性で、頭が良く、異文化も入っているのだから。それでも愛していると言えるのだろうか？　確かに独身だが、「結婚」なんて言葉は一度も出ていない。一ヶ月のお付き合いでは決めかねるということだろうか。なら、弄ばれて捨てられる可能性だって十分ある。

有咲は、彼が金を返さなくていいと言った意味がわかった気がした。見知らぬ少女に、生活費や学費まで出すのは、それなりの見返りを求めているのだろう。

愛人一人囲うのに、いくらかかるのだろう？　学費まで必要とする子供を愛人にするには、少々高くつくと思われているのだろうか。

世間ずれした女にはない魅力がある。

深夜のバラエティ番組で聞いた。援助交際が問題になっていた頃だ。子供を商品扱いしていると思った。ショックだった。大人が深夜番組を見るなという理由がわかった気がした。しかし、今は見ておいてよかったと思う。自分に金を出す価値があるか、彼は見定めているに違いない。

選択の余地はない。彼を受け入れなくてはならない。それが賢い選択だ。拒絶すれば結果は見えている。すべてを失うことになるだろう。また自殺を考えるほどの人生を背負って路頭に迷うことになるかもしれない。有咲は決断しようとして、ブランデーをグラスに注ぎながら話しかける彼に微笑みかけた。

彼は親切で魅力的だ。彼に感謝しているし、尊敬もしている。栄一がとても好きだ。何をためらう必要があるのだろう？

彼は私を愛しているだろうか？　ただ、肉体関係を結びたいだけかもしれない。それでもいいと思えるかだ。愛されていなくても良い、これはチャンスなのだと思えば、傷つくことはないのではないだろうか？

彼女は、目まぐるしく頭を働かせていた。

毎日、散歩に出ては、彼に抱きしめられ、唇を合わせている。それは、日を追うごとに至福の時間となり、時には有咲から求めることもあった。夜になると、栄一とのセックスを空想することもあった。彼との悦楽に身を委ねることができれば、喜びに満ちた時を過ごすことができるだろう。一方で、それは刹那的で、性欲に裏打ちされた情愛でしかなく、単なる一過性の快楽でしかないのではなかろうか。終わった後は、傷つくに違いない、と思った。妊娠した時のことも考えなくてはならない。

彼はブランデーを飲みながら、しばらく有咲を見つめていた。

有咲は受け入れるつもりで、緊張した面持ちでベッドに座っていた。鼓動が頭の中に響いた。栄一が近づいて来た時、有咲は思わず眉を顰め、体を強張らせた。

彼は傷付いたように、そのまま寝室から去ってしまった。

翌朝、食事に栄一は来なかった。今までもたまにあったが、今朝は気になった。

彼を傷つけた気がしていた。彼の心が離れたかもしれないと思った。私は失敗した、この失敗は取り戻せるだろうか？

　有咲は、食事を素早くすませると、栄一の部屋に向かった。

　彼の部屋には、コンピュータや電子機器が、所狭しと置かれていた。それらの機材に囲まれて、栄一の後ろ姿があった。タバコ臭かった。彼は有咲に気が付くと、言った。

「止めていたのだけどね。」

　髪をとかしつけていないようだった。

「どんな仕事しているの？」

「君にわかるのか？」

　彼は少し冷たい視線を向けた。彼の心が離れていると思った。

「僕は社長だ。世界中に社員がいる。ネットがつながりさえすれば、どこでも仕事ができる。」

　有咲に背を向けたまま、彼は作業を続けている。何を言えば、取り繕えるのかわからなかった。

「用事ができた。日本を出なくてはならない。」

　有咲は声が出ないほどショックを受けた。自分と離れるために、嘘を言っているのではないかとも思った。

「しばらく調整に時間がかかる。君が進学する頃、私もここを出よう。君にとっても、その方がいいだろう。」

栄一が海外に行ってしまう。有咲はめまいのような感覚に襲われ、立っているのもやっとなくらいだった。泣き出したいほど心がかき乱され、いつか経験したみたいな足元が崩れ落ちるような気持ちの悪さを感じた。自分が彼を強く必要としていることを痛感した。

彼はいなくなる。進学すれば、もう一緒にいることはなくなる。それぞれの人生を歩むということだろうか?

「どこに行くの?」

「ヨーロッパの方だ。」

具体的には言わなかった。どこかに行ってしまう。別の地で別の女性と? 彼は、同情と慈善で、私の受験のためにここにいるのだろうか。

「勉強しろ。不合格になっても、後は知らん。」

有咲は我に返ったように、あわてて部屋に戻ると、受験勉強に集中した。

もう後戻りはできない。難関を突き抜ける以外、道は無いのだ。

雪の降る日、書斎で本を探していると、栄一と出会った。

それまでも散歩には出ていた。毎日、手をつなぎ、キスもした。しかし、形式的にも感じていた。

彼は有咲を避けると思ったが、近づいてきた。そして、有咲の背後に立った。彼は何も言わなかった。熱い息遣いを感じた。有咲のわき腹に手を差し入れ、素肌に触れた。有咲の体を両手で撫でまわし、首筋に唇を這わせた。彼の手を掴んで離そうとしたが、彼は強引に手を洋服の中に入れてきた。レイプされると思った。

彼の誘惑に引き込まれて、有咲は彼の首筋に腕を回し、身を任せようとした。しかし、彼は拒絶した。有咲は訳が分からなかった。栄一は、そのまま有咲を一人書斎に残し、去ってしまった。

一人になった彼女は、窓に映った自分の顔を見た。あどけなさの残る未熟な顔立ちのまま、後先考えずに情事に走ろうとする卑しさに、恥じらいと嫌悪を感じた。はじめて見る相貌だった。


その晩、寝室に彼は再び現れた。

有咲は彼を待っていた。彼がベッド脇に腰かけると、彼の首に腕を回した。彼は、優しく抱きしめてくれた。彼とよりを戻すには、何と言えばいいのだろう？

「私、はじめてなの。少し怖い。」

できる限り明るく話してみた。それが彼女の思いつく精一杯の言い訳だったが、栄一は興味が無さそうだった。

「そんなことわかっている。それで？」

やるのか、やらないのかと、聞いているような気がした。

栄一のことを十分理解しているとは思っていない。彼は、有咲にとって、自分に奉仕してくれる優しい親切な男性で、それはまるで理想の父に対する切望や愛情のようなものかもしれないと思う時もあった。その彼から拒絶されると、失恋の苦しみというよりも、恐怖心を伴う不安で食事も喉を通らない状態だ。だとすれば、子供が父親からの愛情を求めているのに、肉体関係を迫られていることへの違和感や拒絶反応のようなものだろうか？

暖房が効いているのに、寒くて震えた。栄一が毛布をかけてくれた。

「僕の生まれた国は紛争が絶えなくてね、両親が離婚したとき、兄は勇ましい戦闘員になったけれど、僕は紛争を避けて、母と共に日本に逃げたんだ。国や仲間を見捨ててね。日本で母は、僕を伯父に預けて再婚した。僕は伯父に育てられたんだよ。君と違って、僕の伯父は親切だったよ。僕を専門学校へ入れてくれた。5年で僕はプロになろうと思った。就職して3年で起業した。伯父だけが僕の身内ということになるけれど、もう20年近く会ってないな。従兄がいたからね。従兄は随分僕をいじめたよ。僕も子供の時から安心して過ごしたことはない。」

栄一は、共感を得ようとするかのように、有咲を一時見た。前に向き直った栄一の横顔を、有咲はまじまじと見た。はじめて憂いの影があることに気が付いた。

「父と一緒に残った兄は、戦死したよ。父も爆撃を受けて、命を落としている。日本に連れてきてもらえた僕は、命拾いはできたわけだ。僕の兄弟は、絶えず命の危険と共に過ごし、そして若くして逝ってしまった。だから、僕はどんな不幸な境遇でも、自分は幸運だと思えたのかもしれないな。もちろん、伯父が可愛がってくれたこともある。伯父には感謝しているけれど、もう会うことはないと思っている。」

なぜ可愛がってくれた伯父と会わないのか聞けなかった。従兄だけが理由なのだろうか。ただ、彼の孤独を感じた。

栄一は自分のことについてあまり語ることは無かった。はじめて彼の素顔が見えた気がした。

「僕は、家族というものを知らずに生きてきた。女性を愛したことも一度も無い。」

彼はポケットから指輪を取り出した。それを有咲の指にはめてくれた。

「高校生のカップルも、こんなことして遊んでるな。しかし、キスはいいんだね、女の子って。僕らにはわからないな。」

栄一は、そのまま寝室を出た。

薬指を見ると、美しい真珠の指輪がはめ込まれていた。本物だと思った。彼女は、さめざめと泣いた。

何を期待していたのだろう？　そう、プロポーズを受けることだったに違いない。彼を失ってしまった。いや、現実に気が付いた。長い夢だったのだ。その晩は、いつ寝たのかもわからない。喪失感が彼女を苦しめ続けた。

受験まで1週間となった。

あれから、特に彼が冷淡になることはなかったし、家から出ていくよう催促することもなかった。今まで通り何不自由なく生活をさせてくれている。しかし、彼は余所余所しかった。食事にも顔を出さない日が増えた。

失う不安から求めすぎたのではないだろうか？　好きでいてくれ、大事にしてくれている、それだけで満足すべきだったのではなかろうか。有咲は少し後悔していた。おとぎ話に出てくるような王子様なんているわけがないのだ。わかっていたはずだ。彼は紳士的で寛大だから、セックスを拒んでも保護者の代わりを請け負ってくれている。彼の境遇がそうさせていたのだ。

やはり私はそんな彼に心から深く感謝すべきだ。そして、この幸運にも。有咲は、自らそう言い聞かせて、勉強に励んだ。


受験のため、都内に出た。川村が車で送ってくれた。

「終わったら、また家まで送りますんで。」

「有難う。お昼は済ませてから帰るわ。」

早めに着いた試験会場で、参考書を見るのをやめて、少し構内を歩いた。懐かしい感じがした。街の匂いだ。帰ってきたと思った。

試験に集中できた。ほとんど全問解けた。解答を見る前に、第一志望校に手が届くことを確信した。

屋敷に戻ると、栄一が真っ先に試験結果について聞いてきた。うまくいったと知ると、とても喜んでくれた。心から有咲の夢を応援し、幸せを願ってくれていると思った。自分の存在を疎まずに当然のように受け入れ、その幸福を望んでくれる人がいることが、こんなにも幸せな気持ちにしてくれるとは思わなかった。試験の出来より栄一の気持ちに感激し、心ともなく涙しそうになった。

一次試験が終わると、有咲は二次試験に向けて勉強に打ち込んだ。

ある日、外で何やら話し声や荷物を運ぶ音がしているのに気が付いた。窓から外を見ると、川村が村木から段ボール箱など受け取って、トラックに詰め込んでいた。気晴らしに外に出て、何をしているか尋ねた。

「主人がまた海外に行きますんで。その準備ですよ。お嬢さん、今回は長いですよ。」

「いつ？」

有咲は、ショックを隠せない様子だった。3月の合格発表の後だと思っていたからだ。

川村は有咲の気持ちを察して、気の毒そうな顔をした。

「あなたの合格発表まではいてくれるんじゃないでしょうか。このままあんたを放っておけないでしょう？」

捨てられる、そう一瞬頭の中をよぎった。しかしすぐに否定できた。いや、違う。私は自立するのだ。彼はそれを助けてくれたのだ。

有咲は努めて冷静さを装った。

「大丈夫です。試験が終われば、父を訪ねてみます。いつまでも迷惑をかけられないから。栄一さんには、とても感謝しています。」

取り乱さないようふるまいながらも、有咲の目には涙が溢れていた。川村はトラックの方へ引き返そうとしたが、思い直し、気遣って言った。

「主人に女性がたくさんいるなど言ってすみませんでした。もう終わった関係みたいですし。その、愛人ですから、あまりあんたが気にかけるような女たちではないみたいですよ。今度の引っ越しも、仕事や主人の様々な状況で決まったことで、あんたと終わったというわけではないと思うのですが。」

川村にも意外に優しいところがあるんだと思った。

「有難う。ほんと大丈夫です。私自身、進学が決まれば、都内に引っ越さなければならないから。待たせて悪いくらいです。」

有咲はきっぱり言って、山荘へ戻った。川村は運転席に乗り込み、車を走らせた。

3月になった。

一足遅れて春の息吹が山の上にも達した頃、合格通知を手にした。栄一に真っ先に報告した。栄一が有咲の期待する以上に喜んだので驚喜した。

父に報告したかった。自分を捨てた父親に。

川村に大学生活の準備をすると嘘をついて、都内まで送ってもらった。電車に乗り換えて、父、紘一《こういち》のいる大学に向かった。

紘一の研究室を訪ねた。久しぶりに会う父との再会に緊張した。

既にメールで合格を知らされていた父は、快く迎えてくれた。

「おめでとう。T大ならたいしたものだ。帰ってくるか？　大学から近いだろう。」

思いの外、紘一から提案してきた。自分を捨てた父のもとに帰る。新しい女とはどうもうまくいかなかったようだ。

「今、どこに住んでいる？」

紘一に聞かれ、有咲は動揺した。そういえば、住所を知らなかった。知らない男性の家と言えば、家出娘にありがちな成り行きだ。そうだ、私は婚約もしていない。20年も年上の独身男性の家に居候している。一応、恋人のつもりだけど、幸い肉体関係はキスまでで、保護者のような人と言わないといけないのだろうか。自分の状況をどう説明するのが正しいのかわからなかった。

「恋人がいるの。彼は、ＩＴ関連の社長で、裕福な人よ。」

紘一はそれを聞くと、大層喜んだ。

「T大に合格。将来の道筋が見え、そして裕福な恋人もいる。君は自力で幸福を手にしたようだな。私は何もしてやれなかったがな。」

紘一は、恨んでいるだろうという目で、有咲を見た。

自分の人生を恨んだことはあったが、父を恨んだことはなかった。幼い頃に父への期待は失っていた。

「その男性とは結婚するのか？」

「婚約はしていないの。彼は、外国に行ってしまうの。」

「お前はそれでいいのか？　恋人と離れ離れになると、失うことになるだろうな。」

紘一は少し考えてから、誰かに電話した。

「いい人を紹介してやろう。君はまだ独身なんだから。ちょっと待ってなさい。准教授の武田《たけだ》先生だ。俺の研究と関係のある研究をしているんだ。彼は新進気鋭の若手研究者で家柄も良く人柄もいい。優しいし聡明な男だ。君にぴったりじゃないかね。」

父はいつも勝手だ。腹が立った。しかし、武田がやってきて、彼と会うと、気持ちが一変した。彼の優しげな表情と整った顔立ち、そして上品な身なりと親切な素振りに心惹かれた。少し話したら、食事に誘われた。有咲は、その日彼と一緒にランチに行く約束をし、連絡先を交換した。

父はニヤニヤしていた。彼が去ると、すぐに有咲に尋ねた。

「君の今付き合っている恋人は、何という会社だ？」父は抜け目が無かった。

「知らない、外国の会社みたい。」

「今時、国内か海外かなどあまり関係ない。特にＩＴともなればな。どんな男だ。」

根掘り葉掘り栄一のことを聞き始めた。場合によっては、社長夫人も悪くないと思ったようだ。

有咲から栄一の話を聞くうちに、紘一が不信感を持ち始めた。

「山奥の山荘で一人で仕事をして稼いでいる？　よくわからんな。何で稼いでいるんだ。ＩＴと言っても色々あるだろう。」

有咲では話にならないと思ったようだ。「調べてみよう。お前が結婚を考えているなら、猶更だ。」

「婚約していないと言ってるでしょう。失礼よ。彼とは終わったかもしれないし。」

「一応だ。付き合いが完全に途絶えたわけじゃあるまい。まぁ、親切ではあるな、俺が出さなきゃならん金を出してくれたわけだしな。」

紘一は、彼に金を返す気は無さそうだった。しかし、彼に問題を感じれば、手切れ金として金を返そうとしているようだった。夕方、有咲を栄一の山荘に送ってやると言い出した。有咲は断ったが、紘一が強引に言うので、仕方なくしぶしぶ栄一に電話した。

栄一は、会おうと言ってくれた。

ナビで、紘一が場所を調べた。

「別荘地だ。避暑地だったけれど、今はさびれている。海外の富裕層に買い取られている別荘も多いぞ。なるほど、俺の知らないところで、結構な生活をしていたんだな。」

恋人なんてつい最近よ、確かに「結構な」生活してきたわ。そう毒づきたくなった。

到着すると、栄一の住む屋敷が思いのほか豪華で、彼が紳士的だったので、父ははじめ戸惑ったようだった。珍しい紅茶と菓子を頬張りながら、娘が世話になったと心にもない礼を言った。自己紹介もほどほどに、栄一のことを尋ねはじめた。

「お名前からすると、ご両親は国際結婚されているのですか？　今どちらに？」

「私の両親は離婚しております。私とはもう縁がありません。」

「IT関連企業で責任者をしておられると娘に聞きました。どのようなお仕事なんですか？」

「IOT事業を中心にセキュリティー対策ソフト、センサーデータやビッグデータの解析ソフトや人工知能の開発を行っています。去年までスマホ用の人工知能アプリやゲームの開発事業を行っていたのですが、今年に入ってすぐ6億で売却しました。」

「なるほど、素晴らしい。それで裕福な暮らしをなさっているのですな。将来性のある事業は高値で売却できますからな。では今は別の事業研究をされているということですか。私は、言語学を専門にしており、翻訳ソフトの開発にも関わっています。うちの大学の事業なんですが、まあまあの収入です。」

「是非、ご一緒できればと思いますよ。」

栄一は、名刺を差し出した。紘一は、名刺を見てもよくわからないようだった。

「事業は社会貢献でもあります。社会が何を欲しているのか採算を考えずにまずは考えなくてはなりません。ビジネスはその後です。」

紘一と栄一はしばらく話していた。

父は彼の高い教養と知性に驚いた様子だった。

「あなたのような学識のある方が娘を気に入って下さって、大変喜ばしいことです。しかし、娘は未成年ですのでね、心から感謝しておりますが、これきりとさせていただきたい。」

有咲は驚いて紘一を見た。一体何を言い出すのか。「お父さん、放っておいて。」

栄一は何も言わなかった。儀礼的ではあるが丁寧に父を送り出してくれた。

なぜ父が彼を信用しないのかわからなかった。疑り深い性格なのだろうと思った。

帰りに、紘一は有咲を車の近くまで呼び寄せると、運転席から小声で言った。

「民間企業マンなど信用するな。やめておけ。武田先生にしなさい。」


引っ越しの日、川村と栄一の知り合いの外国人が荷物をバンに積み込んでくれた。村木がサンドウィッチを作って、有咲に持たせてくれた。川村ではなく、外国人が東京の父の家まで届けてくれることになった。

自室で、有咲は指にはめていた真珠の指輪を見つめていた。

想い出にもらっておこうかしら。あの人は、こんな指輪の一つや二つにこだわるような人じゃないし。

しかし、考え直した。有咲は、指輪を指から外すと、勉強机に置いた。

川村が呼ぶ声がした。有咲はセカンドバッグ一つ持って、玄関に下りた。しかし、栄一が出てこなかった。有咲が栄一を呼びに行こうとすると、栄一が階段を下りてきた。

彼は、泣いていたようだった。有咲の手を取ると、先ほど有咲が勉強机に残してきた指輪を、彼女の小指にはめた。そして抱きしめた。川村がその場を離れた。

「父のところへ行くことにしました。また連絡します。」

彼は、父親に執着する有咲に驚いたようだったが、何も言わなかった。しばらく有咲の手を握っていたが、最後に強く握りしめると、ゆっくり離した。

彼は、有咲がバンに乗り込むのを見守っていた。

車が走り出した時、有咲は窓を開けて川村と村木にもう一度礼を言った。そして栄一を探したが、彼の姿は見えなかった。

2．青春

東京に帰ってきた。過去の記憶が蘇る。幸せだった時も地獄のような日々も有咲の心の中にあった。私は新たな一歩を踏み出す。新しい生活がはじまる。人生の再スタートだ。有咲は決意を新たにした。

荷物を運び終えた頃、栄一にメールした。返事が来たのは、夜だった。

『ハンブルクにいる　幸運を祈る』

とだけ書いてあった。彼は既に日本にいなかった。

小学生の時の部屋に入ることになった。随分長い間誰も入らなかったのだろう、木や塗装剤などの匂いがした。窓を開けた。当時の面影を残しながら、街の風景は随分変わっていた。

勉強机がそのままあった。紘一が、有咲の身長に合わせて、一緒に高さを調整してくれた。

ランドセルや当時の教科書などすべて捨てた。大学受験用の参考書を並べた。大学の勉強で確認用に要るかもしれないと思ったからだ。栄一との思い出も詰まっていた。

紘一が、階段の下から声をかけた。

「夕飯にしよう。」

リビングに来ると、買い物に行ったらしく、適当に買い揃えた食材がダイニングテーブルに置かれていた。引っ越したばかりで疲れていたが、調理した。有咲の料理に紘一は不満そうな表情をしたが、何も言わなかった。

「結婚を考えるなら、お前もうちょっと勉強しろ。」

食後に言った。有咲も、確かにそれは父の言う通りだと思って、特に反発しなかった。

「明日、俺は7時には家を出たいから、6時半には朝食を食べる。」

と言った。「洗濯は回しといたから、あと干しておいてくれ。」とも言った。

父との生活がはじまった。


入学式には、新調したばかりのスーツを着て、一人で行った。

両親ばかりか祖父母も一緒に来ている学生を見て、幸せそうだと思った。一人で来ているのは、地方出身者だろうか。仕事で忙しい親も参加は難しいだろう。有咲も一応父がいるが、一人だ。

恥ずかしいとか、寂しいとか、思わなかった。

ただ、希望で胸が一杯だった。

式を終え、洗濯物を取り込んでいると、スマホが鳴った。着信画面を見ると、栄一だった。

嬉しくて急いで出た。

「今日、入学式だったのよ。」

しかし、栄一はそれには触れず、まくし立てた。

「やっと君の父親は父親らしいことをしようとしているね。学費が君の父親から納入されていたようだ。どういった風の吹き回しか知らんがね。生活費も共に生活するなら、心配いらないようだな。君の気持ちはわかるよ。お父さんだからね。何歳かくらいまでは父親らしかったんだろう？」

そう言って切れた。

「いいのよ、そんなこと、栄一さん。」

切れたスマホに呟いた。


演劇のサークルの新入生歓迎会に参加した。

「美人だ。美人が来てくれたぞ。」

受付を覗いていた男子部員がふざけて騒ぐ声が聞こえた。一緒に入部した数名の新入生達が嫉妬深い目で有咲を見たが、気にならなかった。女の先輩が見に来た。

「確かに、美人。」

と言って笑った。嫉妬されるかと思ったけれど、少なくともその先輩は歓迎してくれたようだった。優しく名前や学部など聞いてくれた。

会場に入ると、50名以上はいるようで、窮屈なくらい人でにぎわっていた。OBのような年配の人もいた。舞台の幕は開かれ、照明がまぶしいほど明るく照らしていた。

「この中で、演技の経験のある方いますか？」

新入生に向かって、部長らしき先輩が尋ねた。数名の手が挙がった。みな高校の演劇部出身者だった。一人、地元のアマチュア劇団にいた子がいた。

「君は？」

一番綺麗だった有咲には特別に聞いてくれたようだった。

「クラブ活動はしていませんでした。ただ、小学校の2年生までダンスや歌のレッスンを受けていました。」

「どこで？」

「南スクールで。」

「本格的じゃん。」

先ほど受付で会った女の先輩が明るく笑って言った。有咲も微笑み返した。母と過ごした日々を誇らしく思った。

「今日は、親睦を深める会なので、色んな話をして楽しんでください。僕達のパフォーマンスも観てくださいね。」

折り畳み式テーブルに、サンドウィッチやフライドポテト、から揚げやコロッケが大きな皿に山盛りになって並んでいた。様々なアルコールやジュースも置いてあって、自由に飲めるようになっていた。いい匂いがして食欲を刺激した。歌い出したり踊ったりする先輩たちがいて、始終賑やかだった。舞台で物まねを披露する先輩もいて、有咲も大笑いした。

「わかるだろ？　ものすごく競争が激しいんだ。舞台に立てるのはこのうちの半分。役らしい役がもらえるのは十数名だからね。」

近くに座っていた先輩が話しかけてきた。色白で神経質そうな顔をした男子で、センスのいいデザインの丈の短いスーツを着て、ネクタイリボンをつけていた。都会的な短い髪型で黒縁の丸い眼鏡をかけていた。有咲は、お洒落で綺麗な顔をした青年だと思った。

「君、綺麗だし、歌やダンスも少し習っていたんなら、いい役もらえるかもね。」

「そうだと嬉しいです。」

有咲は、期待で目を輝かせた。一緒に入部した学生も、集まってきた。

「僕はね、脚本書いたり演出したり、裏方なんだけどね。表現方法が違うだけで、自分の感性を多くの人たちに披露して、その反応を見るのは、とても楽しいよ。」

「脚本書けるなんてすごい。尊敬します。」

隣にいた同期の美咲《みさき》が言った。美咲の方から有咲に声をかけてくれて、気が合いそうだったので、さっき自己紹介し合ったのだ。有咲も舞台で演じるだけでなく、演出や脚本、美術も面白そうだと思った。

「あの年取った人は、演出とか総合プロデュースしている人。ここの卒業生で、僕らの指導にあたっているの。プロの劇団もやっているからね。僕たち尊敬していて、来てもらっている。」

新入部員全員が、パイプ椅子に座っているその人を見た。

年老いているが、長髪を派手な色のバンダナでまとめ、丈の長いコートを着て腕まくりしており、垢ぬけて見えた。目がキラキラしているのが印象的だった。

プロの演出家と舞台を作ることができると思うと、ワクワクした。有咲は、入部して良かったと思った。

「皆さん、T大の学生なんですか？」

新入部員の一人が尋ねた。「部員が随分たくさんいるなと思って。」

「いや、他大学生も混じっているし、プロの劇団と競合しているよ。5月に公演があるから、それを見ればどんな感じの劇団かわかるよ。」

すぐに美咲と公演を観に行く約束をした。声をかけてくれた先輩もスマホを取り出して、LINE交換しようと言ってくれた。

プロフィールに、「橘《たちばな》　純《じゅん》」と書かれていた。

随分長い時を経て、有咲のスマホのアドレスに友人の名が加わった。

有咲は、大学生活が楽しくて仕方がなかった。自ら手に入れた幸せを強く握りしめ、彼女は人生の舵を切った。

講義も、学びたいことを時間一杯選択し、熱心に通った。

クラスメイトと話していると、世界が広がっていくのを感じた。長い間友達も無く、テレビすら観られない環境にいた有咲にとって、他学生の話す何もかもが新鮮だった。話題についていくために、もっと色々知りたいと思った。拡大する世界に追いつくために、勉強し遊んだ。白紙だった高校生活を埋め合わせるように、貪欲に知識を吸収し、経験を積んだ。

ファッション誌を参考にブランド物を取り入れながらお洒落した。ろくに梳かしたことのない髪の毛を、流行りの色とスタイルにした。努めて明るく振る舞い、クラスメイトに積極的に話しかけた。

英会話スクールにも通いはじめた。講義が英語であることが最たる理由ではあったが、留学生と話したかったし、海外旅行にも行きたかった。

あの日以来、武田との付き合いも続いていた。お互い忙しかったこともあり、月2、3回のペースで食事を共にするくらいだった。

遊んでいなかったこともあり、経験すること全てに心が浮き立った。武田と一緒に行く店を探すのが楽しかった。

遊園地にも行ってみた。子供みたいだと武田に言われた。まだ18歳なのだから当然だと言ったら、笑っていた。周囲を見れば、年上の恋人もたくさん来ている。別に子供か大人かなんて関係ないのに、と思った。

武田の専門は言語学で、人工知能や自動翻訳機などの開発にも携わっていた。自分の仕事の話をするときが、一番楽しそうだった。しかし、有咲相手では大学院生と話すほどにもならなかっただろう。言語哲学の話題なら、有咲もだいたい理解できたのだが。

気を利かせて、海外へ行った時の話や研究室での世間話もしてくれた。武田が一方的に話して、有咲は聞いているだけのことが多かったが、楽しかった。自分が楽しかったので、武田も楽しんでいると思っていた。たまにしか会わなかったせいか、それでいいと思っていた。

心理学の講義も期待通りで充実していた。国家資格取得のため、多くの心理学関連の科目を受講していた。

最近、紘一は、とても機嫌がいいようだった。小学校に入る前には、まだそんな表情を見せていたかもしれない。サークルで劇団に入ったと聞いた時は、表情を曇らせたが、前期試験の成績が良く、勉強熱心な有咲を紘一は見直したようだった。

そういうことだ、父は、自分の跡を継ぐような優秀な子が欲しかったのだ。母そっくりな娘は要らなかったのだ。

大学院に進学して博士号を取得し、研究職に就くことも検討するように言われた。

「お前に一定の能力が認められれば、確実に大学に残してやる。」

紘一は、俺を信用しろと言わんばかりに、有咲の目をじっと見て言ったが、有咲はまだ先のことだから決められなかった。専門職に就くのなら、幾らでも協力してやるということのようだけれど、もし別の道を選択すれば、父は機嫌を損ねるのだろう。また捨てられる。

暗い霧が心の中に一瞬立ち込めたが、すぐに薄れた。不安よりも何か冷たい感情を抑えんと、ゆっくり息を吐いた。


ある日、有咲に大きなプレゼントが届いた。

海外からだった。すぐに栄一に違いないと思った。急いで自室に運び入れ、箱を開けた。ハイブランドの洋服やバッグ、アクセサリーなど有咲には贅沢だと思えるような品物が入っていた。

早速、栄一に電話した。

「有難う。プレゼント届いた。素敵なデザインね。」

「気に入ったか？」

「うん。」

有咲はバッグを手に取ってうっとり眺めた。

「君の誕生日は、最高の日にしないといけないからね。」

栄一の思いやりに、何にも代え難いくらいの喜びを感じた。武田にフランス料理をご馳走になったことは言わなかった。机上にあった武田からもらったネックレスを机の引き出しにしまった。

「本を見たか？」

有咲は、箱の奥をひっかきまわして、数冊の本を見つけた。海外の文化や歴史、世界経済などの一般教養書と、グルナの小説も1冊入っていた。

「僕のお古だけど、お勧めなんだ。学生時代は楽しむのも大事だが、教養を精一杯身に付けるべきだ。せっかく時間があるのだからね。卒業までに、自分と自分の生きる世界をある程度見極める必要がある。」

栄一が熱く語るのを心地よく聞きながら、送られてきた本をパラパラ捲ってみた。

「そうね。」適当に相槌を打った。

「そうだ。ネットの情報は乱雑だけどね、本は体系をもって書かれているだろう。僕は本で勉強するのをお勧めする。」

「そうね、読むわ。」

彼は相変わらずだと微笑ましく思いながら、また適当に相槌を打った。

栄一は、満足したようだった。しばらく話して、スマホを切った。

「大学の勉強と資格試験の勉強、英会話スクールにも通っているし、アルバイトに舞台の稽古、友達付き合いも。そして、栄一さんからの宿題。なんかとても忙しくなったわ。」

　1年生から舞台に上がれることが決まった。彼女の容姿と歌声とダンスは、それを有利にしたようだった。しかし配役は、その他大勢といった役回りだった。演技がずぶの素人で、下手だからとのことだった。中学時代から舞台経験を積んでいる同期にセリフが回った。

　それでも舞台に立てることが決まって嬉しかった。

　母は今どうしているだろう？　幸せだろうか？　母が主演を務めた舞台を思い出した。母が観に来てくれないだろうか。娘が舞台に立つことを、きっと喜んでくれるに違いない。応援してほしいし、アドバイスも欲しい。

　有咲の夢は、心理療法士になって、多くの悩みを抱える子供たちの力になることだ。勉強が一番大切だけれど、舞台でも活躍したい。演劇好きな仲間たちと一緒に舞台を作り上げていく楽しさは勿論、現実とは違う物語の中に入り込み、想像力を発揮して自分がいいと思うように演じ、それが劇団員に褒められたときの喜びは、特別なものに感じる。ぜひ多くの観客に見てもらって、賞賛を得たい。

　有咲はしょっちゅう橘に自分のアイデアも話してみたりした。いつも橘は楽しそうに聞いてくれた。演劇サークルの仲間たちも、有咲を受け入れてくれているように感じた。

　有咲は、稽古数が増えるに従い、演劇への情熱だけでなく、一人母への思いが増すのを感じた。

公演は、満席で評判も上々だった。ステージに立った時の陶酔感と終わった後の爽快感は最高だった。

橘は大人しい男だが、彼の脚本や演出は、派手でユーモラスだった。色彩豊かな照明で、華やかなCGを合成したり、ロックミュージックやスイングジャズが流れたりした。それでいて人の心模様が繊細に描かれていた。有咲は彼の生み出す舞台がとても好きだった。橘の才能に惚れ、彼を尊敬するようになった。彼はきっと芸術家として成功する、そう思った。

打ち上げパーティーで、橘が直々に有咲にウィスキーを注いでくれた。

「飲んでごらん。これはお酒が苦手な人でもいけるんだ。最上級のものだから。」

有咲は一口飲んでみた。お酒ははじめてだった。大人になったと思った。

「ね、いけるだろ?」

「最高。」

有咲はご機嫌だった。舞台の感想を言い合った。観客の予想外の反応や想像以上の好評に、話は尽きなかった。打ち解けたせいか、少し大胆になった。

「先輩、彼女いるんですか?」

「いるよ。」

「やっぱり。」

　残念そうな表情は、多少演技がかっていた。

「君は？」橋が流し目で見た。

「さあ、どっちでしょう？」

　有咲は、狂ったようにクスクス笑った。はじめて飲んだせいか、既に酔っぱらっていた。そのまま二次会に突入する頃には、家族の話になった。橋の親が教育熱心で、彼が芸能の世界に入ることを快く思っていないことを知った。橋の贅沢な愚痴を一通り聞いたのち、有咲の母親の話になった。

「お母さん、行方不明なんだ。君、案外、苦労人だったんだな。」

「並大抵の苦労じゃなかった。親がいない子供の苦労なんて、想像できないと思うわ。私がここにこうしているのは、運が良かったの。」

「実は幸運の人なんだ。」

「そうじゃなくて、偶然と言うか。」有咲は説明に困った。「どうなんだか、死んでたかもしれないし。」

「どういうこと？」

　橋が深刻な表情で尋ねた。有咲は何も言わずにグラスを口に運んだ。

「いいよ、協力するよ、一緒にお母さんを探そう。舞台を観に来てもらおう。」

　未だかつてこんなに頼もしい友情に触れたことが無かったせいだろう、有咲は大袈裟なくらい歓喜した。嬉しさのあまり橘に抱きつきそうになるくらいだった。

美咲が興味津々に、二人の間に入ってきた。

「何、話してたの。」

「お母さんのこと。」

有咲が答えると、少し失望したようだった。舞台の話でなければ恋話でもしていてほしかったのだろう。

「お母さんがどうかしたの。」

付き合いで聞いてきた。二人で答えた。

「行方不明なの。探すの。」

「嘘。」

美咲の好奇心を刺激したようだった。


その日の講義が終わると、橘のアパートに集まった。美咲が、お菓子とジュースとアルコールを買ってきた。リビングテーブルにそれを広げると、楽しそうにグラスに飲み物を注いだ。

「まるで飲み会ね。」

有咲が笑った。美咲は、お気に入りのチョコレートを口に頬張りながら、

「私、探偵もの好きなの。役に立つから。」

と、得意気な顔をした。

「まずはネット上の情報から探ってみよう。下の名は？」

パソコンの前で、橘が尋ねた。

「京子《きょうこ》。京都の京に、子供の子。」

「芸名はあるの？　女優時代の名前は？」

「できれば劇団名もわかるといいわ。」美咲が楽しそうに割り込んできた。「劇団員を通じて居場所が割れるかもしれないから。」

「知らない。覚えてない。お母さんが活躍してたのは、私が小さかった時だし。」

申し訳なさそうに有咲が言った。橘は、京子という名と47歳という情報だけで、ネットで3名の候補者を見つけた。そのうち2名は、顔写真が公開されていて、すぐに別人だとわかった。残りの1名に期待が集まった。

ブティック経営者で、池袋に店を持っていた。

「近々、訪ねてみよう。」

「有咲のママかな？」

美咲が画面を覗き込んで言った。

「お母さん、こういう仕事に興味があったと思う。」

有咲が期待を込めて言った。

3人は、前祝の乾杯をした。

翌日、講義が終わると、3人は構内のカフェに集合した。

橘が、昨夜見つけたブティックに電話した。若い女性スタッフが出た。

「社長にお嬢様はおられません。」

想定外の用件に、怪しみながら、少し面倒くさそうに答えた。橘のしつこい申し出に、一度社長に掛け合ってくれたが、結局アポイントを取ることができなかった。

「いないということにしているのだと思う。」

有咲は根拠の無い希望からそう言った。橘も有咲の気持ちをくみ取って、待ち伏せして社長に直接会おうと言ってくれた。

美咲がアルバイトに行ってしまったので、二人でブティックを訪れた。

店の中は、40、50代の女性向けのデザインの洋服が並べられていた。二人に気付いた若い女性スタッフが、声をかけてきた。さっき電話に出た女性だと思った。二人から用件を聞くと、スタッフルームに消えた。そして、再び現れた。

「社長はお会いになりません。ご存じないとのことです。」

有咲が何か言おうとしたが、橘が止めた。

仕方なく二人は、店を出た。有咲は納得できない様子だった。

橘がスマホを見て言った。

「帰宅するところを狙おう。6時には店が閉まるから、今から1時間後にまた来よう。」

二人は近くの公園で時間を潰すことにした。

橘がコンビニでコーヒーを買ってきてくれた。木陰にあるベンチに二人は並んで腰かけた。

次の舞台の話や、講義中に教授のとったおかしな言動、好きな芸能人のことなど色んな話をした。話題は尽きず、橘と過ごす時間は楽しく安らぎを感じるものだった。

有咲はデートみたいだと思った。

才能あるお洒落な男性と、こんなに親しく長い時間二人だけで話している。一緒に母親を探してくれ、有咲を気遣って優しくしてくれる。

高校の時から夢見ていた光景だ。それを今、有咲は現実に体験している。

坂口先輩ではないけれど、容姿端麗で優秀な男性だ。高校時代恋焦がれた先輩の記憶は薄れ、目の前にいる男性が、新たにはじまった物語の相手役のように魅力的に見えた。その彼と恋人のように二人で長い時間一緒にいる自分に、今までずっと切望していたことが叶った喜びを感じるとともに、彼が自分の追い求める恋人ではないということもぼんやり感じていた。

そして、心に描く男性は、もはや坂口先輩でもなかった。

1時間ほどして、先ほどのブティックに戻ってきた。

ショーウィンドウから中を覗き込むと、スタッフ全員と向き合って、50歳くらいのスーツ姿の女性が何やら話しているのが見えた。

「あれが多分その人だ。」

橘が言った。有咲は首を横に振った。

「お母さんじゃないわ。」

「チーフかな。近付いて見てみよう。」

名札がついていないことからも、スタッフではないことがわかった。自然に有咲の目から涙がこぼれた。橘は同情して、胸を痛めた。

「今日のところは帰ろう。」

彼女をかばうように背中を抱え、ショーウィンドウから離れた。

はじめからわかっていた気がする。それでも期待に胸を膨らませて訪ねてきた。涙が止まらなかった。

しばらく無言で二人は歩いた。すっかり陽は落ちて街灯りが瞬く人ごみの中、足早に駅に向かっていた。有咲はもう泣いていなかった。何か考えているようだった。

お母さんはどうして私に会いに来てくれないのだろう？　お父さんのせいにちがいない。私が結婚して家を出たら、私の居場所がわからなくなってしまう。どうすれば、お母さんが私に会えるようにできるだろうか。有咲は思いを巡らせた。それは、やはり自分が会いに行くしかない。お母さんを探し出さなくてはならない。

有咲はそう思い至ると、意思を固くした。乾かないままの目元を拭った。

栄一と電話で話していて気が付いた。公演会の動画がインターネットで公開されていた。

「知らなかった。」

自分でも見てみて、驚いた。

「全部ではないみたいだけれど。君も映っているよ。なかなかなものじゃないか。僕も観に行きたかったな。」

栄一が来るような劇場ではない。社交辞令だとわかっている。ふと、武田なら大学の帰りに寄ってくれるかもしれない、と思った。

「アマチュア劇団よ。次の公演の時は連絡するわ。ねぇ、この動画、お母さん見てないかしら。」

一瞬、間が開いた。低い声で栄一が言った。

「見ているといいな。」

「あまり重要な役じゃないけれど、演劇しているって知ったら、お母さん喜ぶと思うから。感想も聞きたいし。」

栄一は何も言わなかった。

「そういえば本物のミュージカルを観たいわ。」

武田が思い浮かんだ。劇団四季の公演はいつだったろう？

「ウェストエンドに来ないか？　私と一緒に観よう。」

「今イギリスにいるの？」

「いや、ドイツだ。ザコンノートを取っておこう。」

海外旅行は初めてだった。是非、これを機会に行ってみたい。栄一となら、贅沢な旅行が楽しめるかもしれない。しかし、彼とホテルを共にすることになる。

スケジュール帳を見た。講義は5日間びっしり詰まっているし、演劇サークル活動が週2で、英会話スクールが週1、アルバイトが週1で、週末以外は予定が入っている。その合間をぬって、勉強に時間を充てている。イギリスとなると、最短でも3泊はすることになるだろう。しかし、5日で帰ってくるなんてつまらない。

「スケジュールが一杯で無理だわ。2年生の夏休みがいいかしら。海外旅行はそのときまでお預けだわ。」

栄一が笑っている。

「充実していいな。友達と来るんだ。私は観光案内に徹するよ。海外事情もそうだけれど、英語だって君はまだ怪しいだろう？」

笑われたのが、悔しかった。

「忙しいからだって言っているでしょう？　東京の劇場に彼氏と行くからいいわ。」

沈黙があった。

なぜこんな残酷なことが言えたのだろう。

「嘘よ。彼氏なんかいない。友達と行くわ。色々準備も必要だし。2年生になってから海外旅行に行くことにする。」

　心なしか声が震えていると思った。栄一は何も言わなかった。

「それまでに英会話もっと上手くならないと。じゃあまた。」

　電話を切った。

　何を意識しているのだろう？

「栄一さんは別に恋人じゃないし、それに彼も、たぶん。」

　しばらく考えて思った。このままの状態は良くないと。


　心理実習でカウンセリングルームに入ることになった。

　児童相談所の一室に案内された。臨床心理士の日比野《ひびの》はまだ若かったが、白髪が目立ち、どこかくたびれた風貌の男性だった。

「戸田夏《とだなつ》さん、16歳の女の子なんだけど、彼女は両親から虐待を受けていて、今、児童福祉施設で保護してるの。学校にもほとんど行ってなくて、リストカットを繰り返しててね、目が離せないの。」

　日比野は髪の毛を右手でくしゃくしゃにしながら、今から会う少女について説明した。

　案内された部屋に入ると、片隅にやせた少女がうつむいて座っていた。髪を梳かした様子はなく、両腕には包帯が巻かれていた。暗く重い空気が少女の周辺を取り囲んでいた。

　こんな暗い表情の子供は初めて見た。有咲は一瞬顔を背けそうになった。あの子は地獄を見ている。かつての自分もこんな表情だったのだろうか。過去の記憶が甦ってきた。有咲は心臓が激しく打ちつけ、顔がこわばるのを感じた。息が詰まりそうだった。頭が真っ白になり、気分が悪くなった。

私はこの子と向き合い続けることができるのだろうか？　有咲は不安になった。自分自身が未だ心の安定を得ていないのに、心に傷を負った他人を救うことなんてできるのだろうか？　自問自答した。

「夏さんはね、漫画が好きなんだ。」日比野は有咲に目配せした。「『魔法少女マイ』が今一番好きなんだよね。」

日比野が夏のすぐ前に座って話しかけた。

「今日は、このお姉さんも一緒に話を聞きたいって。笠原有咲さん、大学生なんだよ。お姉さんも漫画が好きなんだって。優しくて、色んなこと教えてくれるよ。いいかな？」

夏は、どんよりした目で有咲をチラリと見ると、会釈をしてくれた。

拒絶されると思っていたので、有咲は元気付いた。努めて明るく話しかけた。

「こんにちは、夏ちゃん。はじめまして。笠原有咲です。『魔法少女マイ』が好きなんだ。私も見たことあるよ、鏡の国とつながっていて、謎解きで魔人をやっつけるところが面白いって思った。シーズン1が終わったとこだよね。最終回どうなったかな。」

有咲が歩み寄ると、夏は急に怯えるような表情で身を強張らせ、顔を背けた。

有咲はそれ以上近づかず、日比野の後ろで話に聞き耳を立てることにした。

夏は日比野に、面白かった動画の話や好きな漫画のキャラクターの話を、ポツリポツリと話した。日比野にすがるように話す割に、完全に信用しているようでもなかった。強がっていながら、どこか怯えている、簡単に壊れそうな子供に見えた。

死んでいたはずの自分が今ここにこうして存在し、かつての私が目の前にいて、その命の灯が消え入りそうになっているのを見ているような気がした。

あの日、栄一と出会えた奇跡のような出来事は、神様が自分の命を救うために差し伸べた手ではなく、私と私のような多くの子供たちを救うためだったのではなかろうか。

有咲は思った。この子を救いたい、そしてそれが自分に与えられた使命だと。

翌週から、有咲はカウンセリングルームに入ると、夏と積極的に話した。ずっと考えていることがあった。有咲は二人きりになった時、日比野に無断で、自分のことを話しはじめた。

両親が離婚し、預けられた親戚の家で疎外されていたこと、学校で虐めを受けていたこと、家出したこと、そして、栄一との出会いを語り、人生は何が起こるかわからないことを伝えた。

夏に会って以来、彼女のことが頭を離れなかった。希望を持たせてやりたかった。きっと自分と同じように、彼女も困難を乗り越えられると信じていた。

有咲は、夏に勉強することを強く勧めた。知識が見える世界を変え、生きる術を教えてくれると説明した。あらかじめ準備していた問題集や参考書を手渡した。大学や短大、専門学校のパンフレットも見せた。そして家庭教師を買って出た。かつて栄一が自分にしてくれたように、この子にも同じことをして、救ってやるんだと心に決めていた。

日比野が気付いて、少し困った顔をしたが、何も言わなかった。

その日から、有咲は夏の家庭教師になった。

夏は目を合わせることも無ければ、勉強もほとんどしなかった。それでも有咲は彼女の救済を心から信じ、根気強く勉強を教え続けた。

夏が勉強嫌いだと察した有咲は、夏の気持ちを配慮して、時々気晴らしに街に連れ出し、話題のカフェで一緒にスイーツを食べたり、人気の洋服店に行って買い物したりした。夏の欲しがる漫画やぬいぐるみをプレゼントすることもあった。自分の着なくなったドレスやつけなくなったアクセサリーも、夏に似合いそうだと思うと与えた。夏が笑顔を見せることは無かったが、生きる活力になることを願って有咲は一生懸命だった。

夏は、アイスクリームショップでアルバイトをするようになった。有咲は。夏の変化に喜び、自分のやってきたことがこんなにも早く報われたのかと思った。

夏の身なりは派手になり、髪の毛を真っ赤に染め、奇抜なメイクをするようになった。下着が見えそうなミニスカートは良くないと思ったし、センスがいいとは言えない奇異なデザインのアウターは似合っているとは思えなかった。有咲は上手くいっていないと感じた。日比野が、気を付けて様子を見るようにと忠告した。

ある日、有咲がカウンセリングルームに来ると、夏の姿は無く、問題集は破り捨てられていた。

嫌いだ、と言われたような気がした。

夏に心を開き、一生懸命彼女に良かれと思って頑張っていただけに、有咲は深く傷ついた。信頼されているどころか、疎まれていたのではないか。自分のやっていたことは、間違っていたのだろうか。自分の方が生きる意義を見つけようとして、夏を苦しめていたのかもしれないとも思った。恥ずかしかった。打ちひしがれて、泣くこともできなかった。

ここから逃げ出したかった。今ではなく、ずっと。


橘と一緒に歩いていたところ、武田とばったり会った。

「誰？」

武田がいつになく険しい表情で、有咲に尋ねた。橘もふてくされたような顔をして武田を見ている。

「クラブの先輩。橘先輩。色々相談にのってもらっているの。」

「相談って？　僕では駄目なの。」

武田の威圧的な態度に、しどろもどろになった。橘が相変わらず何も言わない。

「そう、君、今日これから時間ある？」

武田が有咲の方を見て言った。クラブだというと、「あ、そう。」とだけ言って、踵を返して行ってしまった。

「感じの悪い先生だな。」

橘が不快そうに言った。

「彼氏なの。」

有咲は言ったが、声が小さかったせいか、橘には聞こえなかったようだった。足早に歩きだした。有咲も彼に遅れまいと急いで歩いた。

大学のカフェで、有咲は勉強や学外活動の合間に書き綴っていた脚本を、橘に見せた。

「どこの国というわけでもないの。遠い外国のお話。聞いてね。」

有咲は、軽く咳払いをした。

「靴屋の息子ジュリアンと銀行員の娘メアリはとても仲が良かったの。16歳になってジュリアンは靴屋の跡取りとなったの。メアリはバレリーナになりたいという夢を叶えるため、田舎から都会へ行くことにしたの。ジュリアンは、メアリのために靴を縫ったのよ。でもその靴は履けないの。片方はジュリアンが持ったままだから。いつか結婚することを約束して、二人は離れ離れになったの。十年経ってもメアリは帰ってこなかったの。ジュリアンはメアリを訪ねて都会へ出たの。」

「手紙のやり取りは無かったの？」

「あったわ。3、4回くらいは。でもそのうち連絡が取れなくなったの。ジュリアンは手紙の住所をあてに、メアリを探しに汽車に乗って、遠く離れた都会までやって来たの。探し当てた家の窓から、偶然中が見えたの。裕福で優しそうな夫と子供たちに囲まれたメアリがいたの。貧しい靴職人のジュリアンは、身を引く決心をして田舎に帰ったの。そのとき、冷静さを失って靴を落としてしまったことに気付かなかったの。メアリが家の前に落ちていた片方だけの靴を見つけて、ジュリアンが訪ねてきたことに気付いたの。そして、ジュリアンが去ってしまったことに失望して、病に伏してしまったの。」

「自分は結婚しているのに？」

情緒たっぷりに語る有咲に、橘はすかさず矛盾点を指摘する。

「メアリは都会でジュリアンをずっと待ってたの。バレリーナになったメアリは、田舎に帰らないことにしたの。そして、ジュリアンがプロポーズに訪れるのを、ずっと待ってたのよ。でも来なかった。だから、他の人と結婚したの。」

有咲は、もっともらしい設定を、少しむきになって説明した。

「その時は病に伏さなかったのに、いよいよジュリアンとの別れが決定的になると、後悔の念と罪悪感に囚われたわけだ。でも、お互い待ってたってこと？　男がずっと待ってるなんてことあるかな？」

「メアリの夢が叶って、活躍していることを知っていたからだと思う。」

「なるほど、ダンサーの寿命は短いことが多いからね、表舞台から消えた頃、ジュリアンが尋ねてくるわけだ。じゃあ、メアリはなぜ待ってたの？」

突っ込みどころが多くて、橘の指摘は止まらない。有咲は辻褄を合わせようと頑張る。

「ジュリアンの気持ちを確かめたんだわ。ジュリアンがまだ想っていてくれたら、きっと迎えに来てくれると信じていたから。」

「女子ってそうなの？　自分から行かないんだ。」

「行かないというより、男子から来るでしょ、好きなら。」

「うーん、かもね。それで？」

橘は楽しそうだ。有咲は、橘に認められたくて真剣だ。

「そして、メアリは病気で亡くなってしまうの。病床にジュリアンの縫った靴が両方並べて置いてあったのを見て、ジュリアンは自分の判断が間違っていたことに気付くの。そして、彼は一生独身を貫くのよ。」

自分の作った物語に感動して、有咲は涙ぐんだ。橘はそんな有咲の様子を面白そうに見ていた。

「綺麗な恋物語だね。」

「でしょ？　脚本にしてみたの。」

有咲は声をはずませた。そんな有咲を見る橘の目はとても優しい。

「悲劇は良くないな。何か救いが無いと。」

「ジュリアンはいつも丘の上の樫の木の下で、メアリの乗った汽車を待っていたの。二人でよく遊んだ場所でもあるの。そこで二人が一緒にいる霊を見たというのはどうかしら？」

「陳腐だけど、ありだな。ＣＧを合成しよう。」

　有咲は興奮して身を乗り出した。

「舞台になるの？」

「見せ場をうまく作らないとね。とりあえず、これ見せてもらうよ。何とか舞台になるよう僕が書き直してもいい。」

　自分の作品が舞台になるかもしれないと思うと最高の気分になって、有咲は舞い上がった。橘が自分の所属する劇団の才能ある演出家で、彼に好かれていることを幸運だと感じた。


　橘がスマホをじっと見ているのに気付いた。

「どうしたんですか？」

「クラブの顧問の先生からメールが来て、恋人でもない女子と親密になるのは淫らだって。風紀を乱す行為は学生といえども許されないって。」

「そんなんじゃないのに。でももし何かあっても、そんな指導、変なの。大学生って、もう大人じゃないんですか。ここの大学って学生指導厳しいんですか？」

「いや、僕も聞いたことない。女子部員と親しくなったの初めてだからかな。」

「先輩、もてるのに？」

「いや、そうでもないよ。そうだとしても、僕はそれほど好きにならなかった。」

有咲の興味津々の目を見て、橘は警戒したが、嬉しくもあった。さて、どうしたものだろう。橘は有咲に自分をどう見せるのがいいか考えた。


ふと有咲は武田からのメールが入っていることに気付いた。橘に別れを告げて、武田の研究室に向かった。

カフェから少し離れたところにある大学付属の研究所に、彼の研究室はあった。新築の近代的なデザインの建物だった。

研究室のドアをノックすると、返事が聞こえたので、ドアを開けた。

武田と女性スタッフが親しげに話していた。研究の話で、有咲には全くわからなかった。いつもそんな風なのだろうか？　イライラした。

「どなた？」

挨拶するのも忘れて尋ねると、武田が女性スタッフに自分の部屋から出ていくよう指示した。

「うちのスタッフだ。君は関係ない。」

「随分親しそうだったけれど。二人きりで研究室でイチャイチャするのはどうかと思う。」

「イチャついた覚えはない。」

「距離が近いわ。」

「狭いからね。」

有咲が苛立っているのを、武田はしばらく見ていた。

「なんだ、君も嫉妬するのか。」

「当たり前じゃない。嫉妬というか、非常識だわ。研究室の女性スタッフと、二人きりで近距離で話すなんて。」

武田が何も言わず自分を睨んでいる理由が、はじめはわからなかったが、やがて橘のことを気にしているのだと気が付いた。

「クラブの先輩だと言ったじゃない。なんの関係も無いわ。」

「その割に随分親しそうだった。君たちの方が距離が近いよ。恋人みたいだった。」

「みんなそうよ、学生は。下手に距離を開けると、却って何か意識しているみたいで、変な感じになるわ。本当に何とも思ってないし、頼りにしている先輩でしかないから。」

少し武田は安心したようだったが、

「彼はそうではないんじゃないかな。」

有咲に気付かせるかのように言った。そして、有咲の反応を見定めようとしているようだった。

考えたことも無かった。薄々感じていたが、都合の悪いことは考えないようにしていたような気がする。舞台で自分を認めてくれる先輩であり、尊敬している先輩でもある。しかし、自分に気があるとなると厄介なのだ。武田の誤解も煩わしかった。

「わかった。先輩とはクラブ以外では会わないことにする。距離も置くわ。」

面倒を避けたくて、武田の目を見てきっぱり言った。

目論見通りの答えに武田がにっこり微笑んで、有咲の肩を叩いた。

「今日、僕これから会議なんだ。またメールするよ。」

有咲を研究室の外に誘導した。有咲が帰ろうとすると、ドアから顔を出して、背中越しにいつもの笑顔で言った。

「あっ、さっきの女の子、本当に何でもないから。ちゃんと距離を置くよ。」

有咲が何も言わないうちに、研究室のドアが閉まった。

帰り道で、有咲は少し不機嫌だった。意図があったかどうかはわからないが、仕返しのようなことをすることないのにと思った。男は自分の感情を口にしないことが多い。特に武田のようなプライドの高い男はそうだ。突然の別れ話に涙せぬよう気を付けないといけないと思った。そして、橘がいつも自分の傍にいたがり、そこまで自分に尽くしてくれるのは、恋愛感情があるからだということを心得ておくべきだった。それに武田が嫉妬していることも。

もしかして、栄一も?

ふと思ったが、まさか、気付いていないだろうと思って、考えるのをやめた。疲れていた。

劇団員の間に、橘と噂が流れていることに気が付いた。

橘といることが増えたからだろう。それは舞台の演出のためだが、クラブの帰りにそのまま一緒に夕飯を食べに行くこともあったし、大学では勉強を教えてもらうこともあった。武田といる時間よりもはるかに長かった。友人のつもりだったが、あまりに頻繁に会っているので、関係を怪しまれても仕方ないと思った。武田が嫉妬するくらいだから、目立っていたに違いない。

有咲は、橘と距離を置こうと思った。武田との約束もある。用事を作っては、クラブ以外ではできるだけ会うのを避けることにした。

数週間もして、偶然構内で会った時、いつものように橘からの食事の誘いを適当な理由をつけて断わると、橘は落胆した様子で言った。

「君の言いたいことはわかったよ。」

有咲がとぼけて首をかしげると、橘は忌々しく感じたようで顔をしかめたが、そのまま何も言わず有咲とすれ違った。彼は何も言わなかった。彼らしく静かに終わった。憎まれ口をたたかれることもなく、有咲はホッとしたが、一方でそれは彼の優しさというより気の弱さのように感じられた。

その日以来、橘が有咲を誘うことは無くなった。

尊敬していた先輩と気まずくなったのは、残念だった。失敗したかもしれないとも思った。もっとうまく距離を置くべきだったかもしれない。橘だったから良かったものの、相手によっては意地悪されて、劇団にいられなくなったかもしれない。

脚本の舞台化の話が流れそうで、他の劇団員と楽しそうに談話している橘を、有咲は遠くから恨めし気に見ていた。

「やめようかな。」

稽古中に、思わずつぶやいた。美咲が驚いて有咲を見た。

「劇団を？　なんで？　橘先輩に失恋とか？」

「なにそれ。そんなわけないいじゃん。」

「付き合ってはいたよね？　いつも一緒にいたし。」

「まさか！　確かに親しすぎたかもしれないけど、何でも無かったの。誤解されるのが嫌で、最近距離を置いたのよね。」

「嘘。橘先輩、有咲のこと相当好きみたいだったけど。」

―知らぬは本人ばかりなり。

「本当？　なんかそんな気もしたけれど。」

「何かあった？」

美咲が好奇心で目をキラキラさせながら尋ねてきた。

「ううん、何も。何となく距離を置いた。どうしよう？」

「終わったんならいいんじゃない？　というか、始まらないようにしたわけだし。」

「気まずい感じ。先輩が好きだったんなら、絶対私と会いたくないと思ってるじゃない？」

「たぶん。でも仕方ないし。橘先輩優しいと思うけどな。やめるの？」

「わかんない、やめないといけないかな。」

「さぁ？」

考えるのも億劫で、保留ということにした。

自分は無神経な女なのだろうか？　いや、忙しいからだ。有咲はため息をついた。今考えても、答えは出ない。


橘を吹っ切れずにいるが、それは恋愛感情に基づく未練ではない。橘の舞台に立ちたいけれど、橘の女にはなりたくない。橘は繊細な性格だからだろう、何も言わなかったし、強引に有咲の気を引こうとはしなかった。有咲の才能もかってくれていたのかもしれない。余所余所しくはあったが、稽古ではきっちり演出してくれたし、役もくれた。有咲にとって、それは好都合だった。それにつけ入るように劇団にいる自分に狡さを感じていた。

「君は女優だね。」

すれ違いざまに、桐谷《きりたに》が言った。橘と仲のいい先輩だ。おそらく橘とのことを皮肉っているのだろう。

私は、彼に思わせぶりな態度は一切とらなかった。彼も一度も私に好きだとか言わなかった。周囲が勝手に付き合っていると思っていただけだし、それは橘先輩もそうかもしれない。皮肉を言われる筋合いはない。そう思って腹が立った。言い返そうとしたが、彼はそれだけ言うと、さっさと行ってしまった。

言い返すに言い返せず取り残された有咲は、まだ怒りが収まらなかった。

それに、私に魅力があるなら、片想いをする男性の一人や二人いてもいいのではないか？　なぜ私が皮肉を言われ、好きな演劇を辞めないといけないのか。橘が仕切っている劇団で橘と気まずくなっているのに居座っている自分は、デリカシーに欠けるだろうか？

橘が勝手に好きになっただけで、私には落ち度が無いのに、私が辞めさせられるなんて納得できない。そう思う一方で、そう思う自分に驚いた。栄一や武田先生でもそんな風に考えるだろうか？

誰も有咲をデリカシーに欠けるとか、冷淡だとは思っていないようだった。橘の感情に無関心というより、若者が集う社会では、頻繁に恋愛は現れては消えるもので、それに一々注意を払うほど、皆暇ではないということのように思われた。

気にしなくていいんだ。有咲はそう結論付けた。橘とどう関係を取り繕うか考えを巡らせた。

劇団四季の公演を、複数の劇団員と一緒に観に行った。

劇場の前で全員で写真を撮って、栄一に送信した。

却って疑われるだろうか？　今夜はメンバーと一緒に食事に行くが、明日には武田と会う予定だ。コソコソしている自分がおかしいのだ。有咲は思った。彼氏がいて、何が悪いのだろう？　栄一とは、もう何でもないのだから。

翌日、植物公園内を武田と二人でぶらぶら歩いた。

有咲が母親の話をすると、武田は驚いた。

なぜ驚くのかわからなかった。恨んでいるとでも思っていたのだろうか？　有咲は、自分の心情をわかってもらいたかった。

「今の私を見てほしいの。T大に合格できたし、夢もあるし、演劇も続けているし、武田先生も紹介したいし。お母さん、びっくりして、喜んでくれると思う。」

「どうやって連絡取るの？　連絡先知らないでしょ？」

「どうすればいいかな？　探偵事務所とか？　すごく長い間会えなかったから、途絶えてしまったけれど、お母さんも会いたがっていると思うし。」

武田は、何か言おうとして一瞬黙った。

「だって君はお父さんの家にいるわけだし、お母さんが会おうとしないのなら、それがお母さんの気持ちじゃないかな。僕ならそう考えるけど。」

有咲はこの時ほど武田を憎らしく思ったことは無かった。今まで感じたことの無いほどの怒りを覚えた。頭のいい男だけれど、正直すぎるのだ。彼の人柄の良さでもあり、彼の魅力でもあるのだが。

有咲は努めて平静を装いつつ、武田を説得しようと試みた。

「母は父とうまくいかなくて、出て行かざるを得なかったの。お金が無くて、私を引き取れなかったの。お母さんはいつも私に優しかったし、女優だったこともあって、私にダンスや歌を教えてくれたわ。私がどんな風になっているか気にしていると思う。会えないのは、何か事情があるからだと思う。お父さんと連絡が取れないのかもしれないし、再婚したのかもしれない。」

武田が困っていた。有咲はイライラした。

この人にわかるはずがない。出て行ってしまったけれど、確かにお母さんは私を愛してくれていた。彼は、両親に目に入れても痛くないほどの愛情をもって育てられたから、父が私たちに全く愛情を感じていないことも、未だ腑に落ちずにいる。親は子を愛するものだと信じている。むしろ出ていったお母さんの方が、愛情が無いと思っているみたいだ。今も両親と一つ屋根の下で暮らしていて、大切にされていることも、私の親を希う心情がわからない理由だろう。有咲はそう思うと、同情を得るのを諦めた。

二度と親のことで武田と話さないでおこうと、彼女は強く思った。

図書館で本を探していると、久しぶりに橘に会った。以前に見せた脚本のことで、橘から話しかけてきた。有咲は諦めかけていたので、手放しで喜んだ。

しばらく橘は拒絶的だったが、有咲は無理に相談相手にしていた。橘を兄のように慕っていたこともあるが、彼が気の弱い優しい男だと思っていたため、強引になっても大丈夫だと思っていた。好意的に微笑みかけたり、彼の前でイヤリングを見せるように髪の毛を耳にかけたり、スカートを美しく揺らしながら彼の周囲を歩いてみたりした。どう振る舞えば彼の気を引くことができるのかよく知っていた。有咲にとって彼は扱いやすい男だった。

一ケ月もせず、彼から話しかけてきたので、思惑通りの展開に有咲は気を良くした。

「みんなに夢や希望を与えるような内容にしたいの。悲恋なんだけれど、それぞれの夢や生活があって。でも心の内で愛を貫いているの。」

「舞台は、一瞬で伝わるようなエンターテイメントじゃないといけないんだ。これではわかりにくいよ。悲しい物語でしかなく、文芸作品としてはそれなりの出来かもしれないけれど、僕の舞台にするなら、単純明快に作り変えよう。短歌のように短い文句に多くの気持ちを込めるのがいい。美しく歌い上げる、それ以上は語らない方がいい。単純でありながら、計算高く作品は作り上げるものだというのが僕の持論。」

二人は図書館の外に出て、中庭のベンチに腰掛けた。有咲は、真剣に語る橋を見て、すっかり元通りになったように感じた。

「恋愛がうまくいかない理由の多くは、嫌悪ではなく、すれ違いや誤解によるものだと聞いたことがあるわ。すれ違ってばかりで、愛し合っていても結ばれないのですもの。」

「この物語は、相手の気持ちを思いやるあまり、却ってすれ違うんだ。とても優しくて、繊細な感情の動きがあると思う。日本人らしいし、日本の物語にしたらどうだろう？　ジュリアンとメアリじゃなくて。観客は日本人なんだし。」

「恋をすると、どの国の人もナイーブになるんじゃないかな。みんなわかると思う。個人を優先する欧米の考え方に近いと思うわ。結婚でどちらかが犠牲になるような選択はしないんじゃないかしら。」

「なるほど。」橘が納得したように相槌を打った。

「でも、西洋かぶれみたい、日本の物語でいいわ。金髪の鬘《かつら》なんて柄にもないわ。」

「君には似合わないね。」

橘が笑った。気まずくなって以来はじめてだった。

以前の彼のようだった。好きな話をするときには、有咲に失恋したことなど気にならないのかもしれないと思った。いや、傷ついてはいるけれど、舞台の話は感覚を麻痺させるほど、彼にとって楽しいに違いない。

「こういうのはどう？　すれ違いから生じた悲恋ではなくて、ヒロインは愛より自己実現を優先したんだ。一生に一度かもしれない恋の相手より、自分の夢に忠実な相手を選んだと。現代的な女子の方が共感を呼ぶよ。」

「でも、死んでしまうほど後悔するのは矛盾してない？」

「人生を捧げるほどの恋愛なんだから、当然さ。バレエに人生を捧げたけれど、ダンサーとして終わった後、もう一つの人生に無くてはならないものを失っていることに気付いたんだ。」

「それがジュリアンだったのね。夫が可哀そう。なんだか彼女に利用されただけみたいじゃない？」

「ちがうよ、ダンサーとして成功するために、確かに夫を自分にふさわしい伴侶として選んだんだ。ジュリアンは会いに来なかったんだから。貧乏だしね。」

「だとすれば、メアリが彼を失ったことを後悔することを、どう説明したらいいのかしら？」

「心の支えかな？　僕たち一生懸命生きている時、親の存在を忘れていたりすることもあるじゃない？　でも、親を失うと悲しみに打ちひしがれるでしょ。心の奥でなくてはならない存在。幼馴染なんだし。」

「親…と同じかな？」

「いや、親とは違うよ。ホームグラウンドだ、ホームグラウンド。」

「故郷……？」

　有咲は、メアリがもしジュリアンを訪ねたら、どうしただろうと考えていた。泣いて謝ったのかしら。許されるはずないのに。

　橘はキラキラ輝く目で、木漏れ日を仰ぎ見た。有咲は自分の書いた脚本が、橘によって何倍もいい作品に思えてきた。

美咲が、よりを戻したのかと尋ねてきた。わかっていて聞いているのだ。もう一度、はじめから付き合っていないと応えると、付き合えばいいのにと言った。

「橘先輩、ものすごくいいと思うよ。」

「武田先生と付き合ってるって言ったでしょ。それに私、先輩のことそういう意味で好きなんじゃないから。尊敬する兄っていうか、そんな感じ。」

美咲は勿体なさそうな表情をした。

美咲自身、同じ研究室の先輩と付き合っていて、よく恋話に付き合わされた。美咲の感覚では、武田先生は付き合いにくい「おじさん」で、橘先輩の方が断然有咲に相応しいイケメンなのだ。

仲がいいからというだけでなく、橘のことで他の女子部員に嫉妬されるので、クラブでは美咲と一緒にいることが多かった。美咲は好かれやすく、演劇サークルの中にも友達がたくさんいた。有咲が虐められないように、気を利かせて一緒にいてくれているように感じることもあった。

有咲は軽くため息をついた。武田先生のことを美咲はよく知らないからだろうと思った。もしかして武田と付き合っているから、橘が幼く感じられるのだろうかとも思った。二つも年上で、理知的で才能のある男子なのに、物足りなく感じるのはなぜだろう？　単に彼が奥手だからだろうか？

橘の恋愛感情や敵意をかわしながら、うまく気に入られないといけない。それが今彼女に必要なことだ。彼の場合、舞台の話をすることだし、距離を置きながらも、時々体に触れたり、魅惑的な素振りをしたりすることだと思っていた。武田や栄一だと有咲の考えることなど見透かしてしまうだろう。橘も聡明な男だが、彼は若いというのもあったろうし、芸術家だからだろうか、女のファッションや化粧、素振りの一つ一つにすごく関心があるようだった。有咲が背中の開いたワンピースを着て、小首をかしげて微笑みかけるだけで、彼の心は有咲のものだった。

桐谷が近づいて来た。また嫌みを言われるのではないかと思って身構えたが、彼は皮肉を言ったことを少し後悔しているようだった。

「橘君は、ただ物静かなんじゃなくてね、思慮深い男なんだ。愛する女性が幸せであることを望んでいるんだよ。自分をふった女子でもさ。愛は受けるものでなく、与えるものだからって。大人なんだよね。」

「何が言いたいの？」有咲が警戒して言うと、

「橘君のことわかってないみたいだったしさ。君を見ていると、彼より僕が歯がゆく感じるからさ。」

残念そうにそれだけ言うと、他の劇団員と話している橘のところへ行ってしまった。

それを聞いて、有咲は自分が恥ずかしくなった。自分は何と浅はかで独りよがりで冷淡だったのだろうと思った。侮辱されても、何も言い返すことのできない男だと思っていた。そして、自分への恋情や未練から尽くしてくれると思っていた。彼の作る舞台の素晴らしさは、彼の純粋さや気高さから生み出されていると気が付いた。

しかし、有咲には武田がいるし、橘を尊敬し好意は感じても、恋愛対象とまでは思えなかった。彼は親身になって有咲の気持に寄り添ってくれる。優しい妹想いの兄のようでもある。なぜ橘を好きにならなかったのだろう。頭が良くて創造的でセンスが良く、劇団員の皆から慕われている魅力的な男子だ。今彼は学生だが、きっと才能を発揮し、成功するにちがいない。しかし一方で、橘は神経質で甘えん坊で、愛の告白もできなければ手も握れない。幼く感じる彼を、どうしても恋人のようには思えなかった。

彼に同情から優しくするのは間違っていると思った。今までのように尊敬し、そして彼の好意に心から感謝しようと思った。


稽古の帰りに有咲は、今自分はとても幸せだと感じた。生活の基盤が整い、勉強に打ち込んだり、趣味に興じたりできるようになったことは勿論だが、何よりも人間関係ができたこと、色んな人達が自分を気にかけ、友達が自分の幸せを願い、自分を大切に思ってくれることが、こんなにも幸せなことなのかと、想像以上の喜びを噛みしめていた。

そしてふと栄一のことを思い出した。今自分が人生を謳歌しているのは、彼のお陰だ。彼は自分を愛してくれていたのだろうか？　愛していたのなら、なぜ自分を放って外国に行ってしまったのだろう。彼の自分に対する愛情は、自殺しそうな可哀そうな少女への同情だったのだろうか。結婚しようとせず、一人で海外へ行ってしまったわけだから、それは有咲の思い描く愛とは違うものだったに違いない。

　はじめて自分から栄一に電話した。大学生活やまた公演があることなど話した。

「お母さんに観に来てほしいのだけれど、どうすればいいと思う？」

「お母さんが来るとすれば、今までやむなく君と会えなかった場合だな。」

　離婚後も家族のような付き合いをしている芸能人の話をした。

「それは特殊だ。君のご両親はそういう関係ではないだろう？」

「お父さんとは仲が悪いけれど、私とはそうではないから。お母さん元気か気になるし、卒業したら一緒に住むのもいいなと思って。」

　有咲は感情的になっている自分に気が付いていた。栄一が有咲の高ぶった感情を抑えるかのように遮った。

「君のお母さんこと、調べてやったよ。元女優でその仕事に未練がある人なんだろう？探すのはそう難しくなかった。金銭トラブルもあるようだしね、おかげで特定しやすかったよ。お母さんは東京にいるよ。再婚した男性と別れて、ダンス教室を開いている。愛人がいるみたいだ。電話で確認したんだけどね、お母さんは、君と会いたがってはいない。君は昔愛した男の子供でしかないんだ。気にはかけているよ。自分の子供だからね。君の言う通り、君のことを母親として愛してもいる。しかし、会いたくないいんだ。」

　有咲が泣いているので、栄一は話すのをやめた。

「どうして？」

「会うわけにいかないんだろうね？」

「わからない。愛してくれているのなら……どうして？」

有咲はしばらく泣いた後、ふと栄一は母親と会っているのだろうかと思った。聞いてよいかわからず、泣き続けた。

「僕には母親はいない。過去にはいたけれどね。」

有咲の気持ちに気が付いてか、自らそう言った。

舞台が終わると、卒業シーズンとなった。

卒業する先輩全員に花束と記念品が贈られた。橘へは有咲が花束を手渡した。自ら渡したいと申し出たのだ。腕一杯の花束に橘の好きなパイプ、彼が欲しがっていた鹿革のブックカバーも添えた。２年間の感謝の想いを伝え、抱擁した。彼は泣いていた。

3．大人になること

　3年生になる頃には、婚約者のいる学生もちらほら見られるようになった。有咲も幸い武田という恋人がいたことで、婚活に奔走しなくてよかった。合コンやカップリングパーティーのようなものに参加しなくて済んだし、親戚や友達からの紹介で見合いを重ねなくても良かった。勉強や演劇にエネルギーと時間を費やしたかった。結婚について、考えるのも億劫だった。

　習慣のように、武田と時々会って、食事を共にしたり、週末にはデートを楽しむようになった。

　誕生日には、栄一から必ず豪華なプレゼントが届いた。

「君の友達は律儀だなあ。婚約者でもないのに。」

　紘一は必ずその部分を強調した。

「放っておいて。」

　有咲は不快そうに父を見て、品々を二階の自室に持ち運んだ。続いて紘一が部屋に入ってきた。

「あの男に下心が無いと思っているのか？　武田先生に失礼だろう。切っておけと言ったはずだ。」

「栄一さんは、私の誕生日を大事にしてくれているの。出会ったその日からずっと。」

紘一は、嘲笑した。

「ずっとって出会って何年なんだ。下心も無くそんなことする奴はいない。」

有咲は、また不安定な気持ちになった。栄一の思いやりを信じていたのに、現実を突きつけられた気がした。

「武田先生に、嫌われるぞ。独身のままその男の愛人として生きていこうとしているんじゃないだろうな。そうなるぞ。そいつを切れ。誠実にお付き合いしなきゃならん。俺の面目まで失わせる気か。」

父の有咲を見る目は、憎々しげだった。

有咲も答えを出す時が来たと思った。


ある日、大学近くのレストランで二人で夕食を共にしている時、有咲は武田に聞いた。

「私の父が教授だから、私と付き合っているの？」

「なぜそんなこと聞くの？」

「色んな女性から好かれているようだし。」

武田の研究室を訪ねると、女子学生や女性スタッフで賑わっていて、みんな武田と仲が良さそうだった。武田の人気が、多くの女性スタッフを引き寄せているのではないかと思うくらいだった。事実、武田とお近づきになりたいがために志望したという女子学生も何人かいた。中には、有咲も凌ぐほどの美女もいたし、武田好みの聡明そうな可愛らしい女子学生もいた。

このうちの一人ともし関係があったとして、自分は察知できるだろうかと思うときもあった。財閥の令嬢で、しかも女優のような美人で高学歴の助教が、是非武田先生とお付き合いしたいと、母親を連れ添って訪ねてきたという噂も聞いた。既に婚約者がいると言って断ってくれたと聞いて、ホッとした。婚約はしていなかったが、自分を婚約者として扱ってくれたのも嬉しかった。体のよい断り文句でもあったのかもしれないが。

ある女性研究員と武田は非常に仲が良く、関係があったのではないかと噂があったときは、居ても立ってても居られず研究室を訪ね、どの女だろうと探るようにスタッフ一人一人の顔を見回したこともあった。仲がいいことからくる根も葉もない噂ではあったのだが、猜疑心と嫉妬心を抱くことになった。何も起こっていないうちから、嫉妬で苦しむなんておかしいとわかっているのだけれど。

「そうかもね。」

武田は軽く言って、フォークを口に運んだ。まるで有咲の気持ちなど全く解せぬように見えた。

有咲は、彼の本音のように思えて苛立った。なぜ否定しないのだろう。疑ったことで機嫌を損ねたのだろうか。野暮な質問だったかもしれない。自分に言い聞かせた。彼を失うわけにはいかない。

「なぜそんなこと聞く？　君が好きだからに決まっているだろ。僕の大切なフィアンセだ。」

武田は、笑って有咲を抱き寄せた。彼女の反応を楽しんだのだろうか。有咲はホッとすると同時に、小憎らしく感じた。有咲は落ち着き払った態度を装い、食事を再開しながら思いを巡らせた。

なぜ不安なのだろう。両親を見てきたせいだろうか？　いや、違う。それもあるかもしれないけれど。

有咲は料理を口に運ぶのを止めて、ワインの産地を調べたりして楽しそうにしている武田を見た。

武田はもてた。彼が多情でないにもかかわらず浮気の心配は絶えなかったし、結局は他の女性を選ぶのではないかという不安を感じることがままあった。うまくいっていても、だ。

武田が自分を好きでいてくれるのはわかる。しかし、有咲でなければならないと思っていないのもわかる。それが彼の言動に表れているのだ。

父の権威で彼をつなぎとめているとして、それは悪いことだろうか。武田にしてみれば、うまくやりたいに違いない。私を利用しているとまで言うのは言い過ぎだ。私が嫌いなら、彼は去っていくだろう。私はうまくいく女性のうちの一人なのだ。その中で、都合がいいと思ってもらったのだ。せいぜい父を利用していいのではなかろうか。私にとって父は悪運の種だと思っていたが、実は幸運の種も持っていたと。それこそ、あまたいる武田を狙う女性たちが羨ましがるような幸運の種を。

有咲は、鼻を高くして、再び料理を食べ始めた。

しかし、父はいずれ定年を迎える。それでも変わらずにいたければ、父抜きで自分を選んでほしいと思うのも当然だ。競争で勝ち取った最高の彼氏は、長い結婚生活で最期まで有咲を最愛の女性にしてくれるだろうか。

武田先生が好きだ。彼の笑顔を見てはっきり思った。彼とともに歩む人生は、確実に幸福を約束してくれる。父も喜んでくれる。私がこれほど魅力を感じる彼を、他の女性も放っておくわけがないのだ。結婚という幸福を手に入れる代償に、私は嫉妬されるだけでなく、彼の女性関係に疑い深くなったり、嫉妬やコンプレックスに苦しんだりするのだろうか。

栄一からメールが入っていた。

『会いたい　愛している』

儀礼的なのか、心からの言葉なのかメールではわからない。何人の愛人にそう言ってきたのだろう。

引っ越した後も、頻繁にメールをやり取りしたり、電話で話したりしていた。栄一をキープしているような気がする。確かに彼にも失礼だ。答えを出さなければいけないと思って以来、ずっと考えていた。

どちらかを選ばなくてはならない。栄一が単なる友情や保護者として私を気にかけ、豪華なプレゼントをしてくれているわけではないことはわかっている。多分、世界中にいる愛人の一人なのだ。

私は、武田先生とうまくやるべきだ。今はそれが賢い選択なのだ。そして、心理療法士になり、生き辛さを抱え苦しんでいる人々の気持ちを少しでも楽にすることができれば、仕事にやり甲斐を感じるだろう。私は社会に必要とされる人になれる。

今は、勉強して国家資格をとり、就職することに集中しよう。誰が私のもとを去っても、私は生きていけると思えるように。

栄一にどのように言えばいいだろう？

家に帰ると、有咲はクローゼットにしまっていた真珠の指輪のことを思い出した。取り出して、指にはめてみた。

しばらく眺めていると、ふと、真珠の色が真っ白ではないことに気が付いた。

真珠とはこういう色をしているものだと思い込んでいたが、東京に出てきて眼識がついたのか、初めて淡いブルーをしていることに気が付いた。

とても綺麗だと思った。

随分時を経て、有咲は、自殺しそうな少女のことを思い出した。無責任に彼女を見捨て、逃げ出したままでいることに後ろ暗さを感じていた。一方で、傷ついた気持ちは、少女への拒絶となり、なぜ自分がそこまでしないといけないのだろうかと自問自答した。有咲は栄一に感謝し、愛情も感じた。しかし、夏は、有咲を嫌悪し、侮辱的な態度をとった。有咲は、自分が彼女に会うことは、彼女にとっても良くないのではなかろうかと思った。

自分自身がまだ迷い苦しんでいるのに、それ以上の苦しみを抱えた人を救うことなどできるのか、未だ自信が持てなかった。その苦しみの吐き出し口を買って出るほど、自己犠牲を払いたくない。せっかく解放された自身の苦しみに、また向き合うことにもなるだろう。もっと幸せな人生選択があるのではないか。

有咲は、一度決めた道を撤回することを考え始めた。その時、一体自分は何者なのかわからなくなった。

久々に日比野にメールをした。自分の今の迷いを聞いてもらいたかった。

そして、夏が妊娠をしていることを知った。

「お腹の子の父親とどうも連絡がとれなくなっていてね。育てるのは難しいんじゃないかな。」

夏の近況を電話で聞いて、有咲は講義が終わるとすぐ、自転車にまたがって児童相談所に急いだ。

日比野は、優しい笑顔で有咲を迎えてくれた。

「相手はどうもバイト先で知り合った大学生のようだけどね。ちゃんと交際していたわけじゃなかったようだよ。でも、彼女は産みたがってる。」

日比野はため息をついた。

「説得が難しくてね。夏ちゃんの気持ちもわかるよ、自分の子供だしね。でも、育てられないと、結局虐待の連鎖になっちゃうんだよね。施設で虐めも受けているようだし。両親から逃げてもね、結局そこでも同じ目に合ってしまっている。幸せな家庭で育つ子がいる一方で、生まれた時から過酷な運命に晒されている子もいる。僕らは、そんな子が一人でも自立できるよう精神面で助けてやるのが仕事だ。」

日比野を頼もしく感じた。有咲は、夏のことを十分知らないまま、自分と重ね合わせ、一方的に自分の考え方を押し付けていたのかもしれないと思った。夏は自分とは違う。

自分が今生きているのは、栄一がいたからだと常々思っていた。決して一人で生きてきたわけじゃない。有咲は、授かった命を自分だけのために使うのはやめようと思った。

相談室に入ると、少しふくよかになった夏が窓の外を眺めながら座っていた。

私が見捨てたからだ、咄嗟にそんな気持ちになった。

美しい夕焼けだった。しばらく二人で眺めていた。

「ごめんなさい。勉強やめてしまって。」

有咲は驚いて夏を見た。夏は有咲の方を見ずに言った。

「勉強、します。もうすぐ大人になるから。」

有咲は嬉しくて、涙が溢れそうになった。

「大丈夫、夏ちゃんなら、ちゃんと学校行けるし、就職もできるよ。絶対。」

有咲は夏の手を握り、目を見るようにして言った。「お姉ちゃん、できるまで教えるから。」

夏は、俯いたままうなずいた。そして、小さな声で言った。

「この夕日、覚えてる。」

「えっ？」

「お母さん、お誕生日会してくれたの。その日、お父さんが帰って来たの。お母さん、笑ってた。ケーキも買ってくれて、家族みんなで食べたの。」

有咲は、夏が少し心を開いてくれたみたいで嬉しかった。

「お誕生日会してもらったんだね。ケーキ、私も大好き。」

「うん。」

有咲には、痛いほど夏の気持ちがわかる。堪えきれず涙が流れ落ちたが、夏には見せなかった。この子に生きていく希望と自信を持たせたい、そして、愛情のある安心できる人間関係を、いつでも帰れる場所を与えることができたなら。
自分にでき得る限りのことをしようと、決意を固めた。

その日から、有咲は再び夏の家庭教師となり、時には親代わりにもなった。夏は、しょっちゅう体調不良を訴えたが、幸い勉強を諦めることはなかった。身だしなみや化粧の仕方を教えると、素直にその通りにした。決して無理にではなく、それが気に入っているようだった。施設でのいじめに耐えがたいような日は、有咲の家に泊まりに来させた。

夏は決して勉強に生きがいを求める子ではなかった。有咲は、勉強に集中することで、自分を守ることができたが、夏にはそれができなかった。

有咲は、夏には生活そのものを楽しませることが必要だと思い、時間の許す限り、遊びに連れ出した。美咲や同じ研究室の薫《かおる》と一緒に鎌倉に散策に行ったりもした。信用できる他人がいることを知ってほしかった。

それでも、夏が明るくなることはなかった。有咲に辛く当たる時は、むしろ、夏を追い詰めていると考えた。苦しみの最中にいる彼女に、人生を楽しんでいる人達を見せつけているようなものかもしれないと察して、しばらくそっとしておくこともした。

妊娠が特に彼女を苦しめているように思った。本来ならば、父親が傍にいて、彼女を支えてやらないといけないのに、彼女を弄び捨て去った。その残酷な行為に、有咲は抑えられないほどの怒りを感じる時もあった。その男を見つけ出して、引っ叩いてやればどんなにすっきりするだろうとすら思った。たいてい不幸せな少女が犠牲になるのだ。夏は、彼に愛され、幸せな家庭が築けると思ったのだろうか?

夏の口癖は、「私はいらない子供だったの。醜いから消えた方がいいの。」と「生きている価値が見つかると思わない。」だった。夏はいつもそんな風に思いながら生きているに違いない。生きがいを見つけるように言ったとして、それで彼女の生きる気力が湧くとも思えなかった。生き続ける苦しみが大きすぎて、今にも消え入りそうになっている命が、目を背けたくなるほど痛ましく、有咲はただ傍にいるのが精一杯だと思う日もあった。

そんなある日、ふと有咲は、自分が息を吹き返した日のことを思い出した。

そうだ、山へ行こう!

美咲が登山が好きなことを思い出して、早速美咲に連絡して、体力の無い夏でも登れて、丁度よく疲れさせてくれる、景色のいい山を選んでもらった。

夏は嫌がったが、この時ばかりは無理やり連れ出した。美咲も喜んでついて来てくれた。澄んだ空気と木漏れ日に、夏が心地よさを感じているのがわかった。少し前だと、山の環境も効果が無かったかもしれない。少しずつ良くなっていると思った。

お昼頃、中腹で岩に腰掛け、作ってきたお弁当を3人で食べた。その時、美咲の冗談に夏が少しだけ笑顔を見せた。それを見た有咲は、思わず泣きそうになるほど、嬉しかった。

山頂まで行こう!　きっとすばらしい景色が見えるに違いない!

山頂で、夏は少し気分が悪くなったようだった。しかし、そこから見下ろす風景に心奪われている様子だった。

有咲は、夏が大人になるに従い、少しずつ元気になると信じた。


資格試験に合格し、武田との付き合いも安定した頃、武田に他の女性の影が見えた。栄一からメールで写真が届いたのだ。栄一が悪意で送ってきたとは思わなかった。しかし、彼の行為は武田と有咲の間に亀裂を生むのも確かだ。栄一に、二度とこんなお節介はしないでほしいと伝えた。

有咲は、武田と若い女性が構内にあるレストランで寄り添っている写真を見て、やはりという気持ちになった。そして、強い焦燥感と嫉妬心に襲われた。本人に問いただすべきかどうか迷った。知らぬふりをした方がうまくいくかもしれない。距離を置くだけで、気付くかもしれないし、事を荒立てて取り返しのつかないことにならないか。しかし、自分の苦痛を伝えることは、今後の二人の関係に必要だと思った。

駅近くのレストランに、わざわざ仕事帰りの武田を呼び出した。そして彼に栄一からの写真を見せた。武田は、厄介なことになっていると気が付いたようだった。

「その女性は僕の研究室の助手だよ。僕と結婚したがってまとわりつくから、少し話し合おうと思った。研究室ではない方がいいと思って、そこで話し合ったんだ。大学関係者がたくさん出入りしている場所だ。後ろ暗いことは無い。」

武田が嘘をついているようには見えなかった。彼女の方から抱きついてきたと主張し、自分は彼女に興味はなく、あくまで有咲を結婚相手として考えていると強調するように言った。写真をよく見ると、確かに女の方が抱きつき、武田が困っているように見える。しかしきっぱり拒絶していないのも確かだ。

目をつぶっておけばいいだけのことではないか。誠実な婚約者を信用すべきではなかろうか。現に彼は有咲を選んでくれている。魔が差すこともあるだろう、その程度のこととして、割り切ってはどうだろう？

翌日、研究室を訪ねたとき、その女性スタッフを見たが、武田好みの女性ではなかった。おそらく本当に何でもなかったに違いない。でももし武田好みの女性であったなら？　すぐに考えるのはやめた。いつもの繰り返しだ。

研究室で武田が講義から戻ってくるのを待っていると、武田研の男子学生の一人が、わざわざ有咲の近くに来て言った。

「あの人助手の牧田先生、独身で武田先生ラブ。武田先生は満更でもなさそうだった。気を付けた方がいいよ。」

有咲は、少し驚いてその学生を見た。親切のつもりだろうか？　面白がっているのかもしれない。その学生の意図はわからなかったが、意地が悪いと思った。

「牧田先生、武田先生も抱きしめてくれたって言ってたし。」

「そっ、ありがと。」

軽くあしらうと、学生は自分の机に戻っていった。

武田が戻ってくると、早速そのことについて二人きりになるや否や尋ねた。武田は否定したが、「僕も男だから誘惑されると変な気分になるんだ。」とも言った。それを聞くと有咲は、それ見たことかとばかりに苦痛を訴えると、「気を付ける。」と言った。

栄一や告げ口に来た男子学生に感謝すべきだろうか？　トラブルがあったとして、特別に何でもない女性との関係まで疑っていたら、身が持たない。知らない方がいいこともあるのではなかろうか。みんな知っているのに、私だけ知らないなどということになるだろうか。それとも追及して、芽を摘んでおくべきなのだろうか。もしそうなら、きっと一生そうしないといけないのではないだろうか。

紘一に相談した。それが一番武田には効果があるだろうと思った。

紘一が言った。

「彼はモテるんだ。ただそれだけ。君が心配するようなことはない。」

何か笑っているようにも見える。

「そうね。彼はあらゆる女性という女性に好かれるんでしょうよ。」

皮肉めいたことをつぶやいた。少し疲れていた。

「自信を持ちなさい。婚約したんじゃないのか？」

なぜ自信が持てるのだろう？　武田の専門のことなど全くわからない。年齢も随分上だし、自分よりはるかに上にいる男なのだ。同じ専門家の女性と仲がいいと不安になるのはそのせいに違いない。退屈な女だと思われないために、大学の勉強だけでなく、ニュースや新聞をできるだけ見て、読書もして教養を高める努力をした。ファッションやメイクにこだわったり、旅行やコンサートに積極的に行ったりして、話題を作るようにした。十分努力しているが、彼がさして興味を持っていないことにも気付いているし、レベルが合っているとも思えなかった。

しかし、有咲は武田が好きだったし、武田からプロポーズされたのも事実だ。彼が求めるものは、今有咲が考えるそれとは違うのだろう、付き合いが深まるに従いわかるようになるだろうと思うことにした。今考えるのはよそう、きっと幸せになれる。自信を持っていいのだ。

有咲は頷いた。それを見て、父は満足そうにした。

納得したはずだったが、一週間経っても、もやもやして気分が晴れなかった。

実習のレポートのことで児童相談所を訪れた際、日比野に相談した。有咲の話を聞いて、武田と父親の対応に驚いていた。

「武田先生は、その助手をセクハラで訴えるべきだ。職員を誘惑している。セクハラは必ずしも男性からとは限らない。あと、婚約者の立場で慰謝料をとれるかどうかまではわからないけれど、この写真を見せて、少し知らしめてもいいかもしれませんね。」

モテる配偶者が与えるストレスの話もしてくれたが、まずは手を打つ必要があるだろう、実践的なアドバイスをくれた。

有咲はやっと不安の原因がわかった。「モテる人」で納得できるわけがないのだ。すぐに武田に電話し、セクシャルハラスメントで訴えてもらった。武田は、その女性スタッフを解雇した。これで、やっと有咲は嫉妬の苦しみと不安から解放され、気持ちが楽になった。

父に相談してもダメだとわかった。女性蔑視が慣習化しているような業界の人だ。女の気持ちなど取るに足らないと思っているのではないだろうか。

ふと、橘のことが思い浮かんだ。彼は他の女にデレデレすることは無かったし、純粋に有咲に恋してくれていたかもしれないと思った。それこそ有咲の望む愛だったに違いない。しかし、有咲にとって純粋さは、若さであり無垢であり、単純さでもあった。彼の恋情は脆く、頼りなかった。未熟にも感じられる愛は美しいにもかかわらず、受けとめるには有咲自身が未熟だったのかもしれない。

紘一に呼び出され、父の研究室に向かった。有咲が現れると、唐突に紘一が言った。

「まさか未練があるとは思っていないが、一応栄一君のことを調べさせてもらったよ。」

有咲は驚いた。

「どうして？　未練なんて。私は武田先生と婚約しているし、栄一さんとはなんでもないって言ったでしょ。」

「一応ね。」

紘一は、ギロリと有咲を見て言った。

「私の知り合いにIT関連のエキスパートが何人かいるからね。それで素性がわかったんだけれどね、彼の本名は、アイマン・H・ミラー。無国籍だ。」

有咲は、めまいのような感覚をおぼえた。頭の中で血流の音が耳鳴りのように響いた。本名？　栄一ではないというのか。国籍の話をしたことが無かったけれど、まさか無国籍だなんて考えもしなかった。

「彼は、シリア難民だ。いや不法移民と言った方が正しいかな。日本人の血も引いている。それで日本人的なところがあったんだろう。どんな夢物語をお前に語って聞かせたか知らん。まあ、すべて嘘だ。」

真実を知った娘の反応を見ようと、しばらく父は何も言わなかった。

「彼が君に執着するのも、君が子供で騙しやすいからだろうな。君が結婚してくれれば、奴にとっては、安心安全な日本国籍を簡単に取得できるしな。命懸けかもしれんな。日本に生まれただけで、幸運だと思わんかね。」

紘一は、有咲のネガティブ思考に歯止めをかけるかのように付け加えた。

「そして、仕事はハッカーだ。」

紘一は大笑いした。

「別れて良かったろう？　君、ホッとしているんじゃないかね。企業家なんてとんでもない、国際ロマンス詐欺みたいなもんだ。」

父はしばらく笑いが止まらないようだった。

この男は一体何がそんなにおかしいのだろう？　有咲は腹が立つと言うより、見知らぬ他人を見ているような冷ややかな気持ちになった。自分の娘が、心から信じ感謝していた人に、裏切られた悲しみに打ちひしがれているのに、まるで鬼の首を取ったかのようだ。

「どう考えたって怪しいんだ。あんな不便な山奥で、隠れるようにして一人で事業するなんて。若いうちは騙されやすい、近くに良識ある大人がいないとな。まあ、遅ればせながら、父親らしく悪い男からお前を守ったかな？　時々電話やメールをしているみたいだがな。」

紘一は有咲を睨みつけた。気付かれていたようだ。

「犯罪に巻き込まれるぞ。奴にもらった物も全部捨てておけよ。どんな金で買ったかわからんからな。とりあえず奴のことは、切っておけ。」

最後の言葉を、紘一は語気を荒げて命令口調で言った。

全て幻想だったのか。有咲は、立っているのもやっとなくらい、血の気が失せたようだった。


騙したわね！

悲しみで混乱していた。腹が立って仕方なかった。

栄一に電話をかけようとして、すぐに思い直し、スマホをバッグに戻した。

そんなこと言って何になるのだろう？

「騙したりするものか、君の父親の言うことこそ嘘だ。」

そう言ってほしいだけのような気もした。胸をかき乱されて、有咲は家に戻ってからも、
家事が手につかなかった。

丁度、父から仕事で遅くなるというメールが入ったので、夕飯も摂らずに、勉強に没頭
した。一流のカウンセラーになろうと思った。

夜遅く、紘一が憤慨した様子で帰ってきた。有咲の部屋に来ると、怒気を含んだ声で
言った。
「研究室のパソコンがハッキングされて、データを全て消失した。奴の仕業だ。」
「栄一さんとは限らないわ。」
「奴はハッカーだからな。証拠も残してやがる。お前に父親の資格はない、とデスクトッ
プに落書きされた。そんなことするのは、奴だけだ！」
紘一の怒りは相当なものだった。データを全てバックアップしていなかったこともあっ
て、怒りの頂点に達しているようだった。
「未成年の娘を騙して手を出したばかりか、俺の仕事を無茶苦茶にした。いくら研究費が

かかっていると思う。奴は、ストーカーでもあるみたいだな。未だにお前にメールしたりしているんだろ？　武田先生の写真も奴が盗撮したんだろ？　仲を引き裂こうとしているんだ。アドレスや番号を変えろと言ったはずだ。警察に言ってやった。刑務所行きだ。」

紘一は、残酷な笑みを浮かべた。父が部屋を出ていくと、すぐに有咲は、栄一に電話した。

「父があなたを警察に訴えたわ。」

栄一は落ち着いていた。

「大丈夫だ。私のことは心配しなくていい。君は、学生生活でしたいことを全て悔いなくやるんだ。それから私のことは切るな。切れば、後悔することになる。」

有咲は、切らないと約束した。

当然だ。父は強引だ。確かに栄一は、私の命の恩人なのだ。


彼は孤独だ。それは私もかもしれない。

父は、私に対する愛情ではなく、後ろめたさや体裁から、私を自宅に住まわせている。結婚のことも、大学での派閥に私を利用したいだけだ。自分の思い通りの娘であれば機嫌がいいが、そうでなければ母を見る目と同じだ。

なぜ母と結婚したのだろう。女優として活躍している美しい女性は、父の虚栄心を満たしただけではないか。父がまだ助教だった時、母の舞台に足しげく通い、やがてプロポーズしたと聞いている。その話をする母はとても幸せそうだった。若い父は自分に恋していたと信じていた。

私が生まれてから一年もすると、父は、母の悪口をよく言うようになった。「お前の母親は少し頭が悪いようだ。」聞き飽きるくらい聞かされたセリフだ。ピアノや歌の練習をしていると、父はいつも「芸事ばかりしていると、お前の母親のようになるぞ。」と悪態をついた。

母が出ていった日のことは、靄がかかったようでよく思い出せない。大きなトランクを持って離れていく母の後ろ姿を私は玄関から見ていた。胸が張り裂ける音を聞いた気がした。

父と同居してはいるが、私は独りぼっちだ。

紘一がしつこく進学を迫ったが、大学という狭い世界で研究に没頭するより、実践を積む中で、どうすれば人は幸せになれるのか考えたかった。そもそも有咲は、父が好きではないし、武田の感覚に違和感を持つこともしばしばあった。学術的な研究者はそれでいいのかもしれないが、有咲は別の生き方を選択しようと思った。

就職活動をはじめた。

就職活動中も、紘一は院試の過去問を持ってきたり、試験日をカレンダーに書いたりしていたが、結局有咲が院試を受験しなかったことで、紘一も諦めた。

「女ってのはな。」

偏見なのか、嫌悪なのか、わからなかった。根本的に父とは合わないのだ。

公務員試験に合格した。

武田が合格祝いをしてくれた。都内の高級レストランに予約を入れておいてくれた。

彼にもらったお菓子と贈り物、花束の入った紙袋を、有咲は大事そうに抱え、椅子に置いた。

着席すると、料理が運ばれてきた。今日は思い切り食べようと思った。武田も、仕事で少し疲れているようだったが、機嫌が良かった。

テーブル越しに彼を眺めていて、改めて思った。なんて魅力的な男性なんだろう。彼は、高級で品の良いスーツを着て、慣れた様子で料理を口に運んでいる。上品な身のこなしと知性を感じる整った顔立ちは、有咲ならずとも恋に落ちるだろうと思った。

彼女は顔を赤らめて、ワイングラスを口に運んだ。ふと、彼のカバンから女物の小箱がのぞいているのに気付いた。

「それ、何?」

「ああ、研究室の子達がくれたんだ。バレンタインでしょ。」

武田は、小箱を3、4個取り出した。

「チョコレートかな。何かわからないけど。良かったら、あげるよ。僕いらないから。」

有咲を安心させようとして言っているのだろうが、彼女にしてみればそうではなく、受け取らないでほしかった。どうせ義理だから、大袈裟だとでも言うのだろう。

「例の女性からも？」

「そんなわけないだろう？」

武田は不機嫌そうにした。

「私もいらないわ。返せばいいのに。」

「そういうわけにいかないよ。母にやるからいいよ。お菓子が好きなんだ。」

そう言って、大事そうにまた鞄にしまった。

気にする方がおかしいのだろうか？　橘先輩もチョコをたくさんもらっていたが、気にならなかった。たぶん、彼に特別な好意を抱いていたわけではなかったからだろう。栄一は、突き返すような男だし、もらっても、興味を持たなかったろう。武田の優しさは、有咲を思い悩ませた。一方で、それが彼の魅力であり、彼の優しさに強く惹かれているのも事実だった。他の女性も拒絶されないことを知っているから、彼に高価な菓子を買ってよこすのだ。

「徒労だよ。君の昔の友達は、嫉妬してるんじゃないかな。振り回されないことが、僕とうまくいくコツだ。」

栄一のことを言っているのだろう。嫉妬？　かもしれない。しかし、栄一の言っていることは事実だ。

何も話さないでいると、武田が話題を変えた。式や新婚旅行のこと、結婚生活を開始するまでの計画を話し合った。会話は希望と幸福に満ちていて、時間を忘れるくらい楽しかった。

料理もお酒もレストランの雰囲気も、全てが最高だった。窓から見える夜景は光彩陸離とした美しさで、山奥で見た真っ暗な夜色とは違っていた。今、私は新しい世界にいる。暗いトンネルから抜け出せたのだ。

光り輝く至福を有咲は握りしめ、高揚感に包まれた。

レストランを出て、夜の冷たい外気に触れながら、賑やかな街路を、肩を並べて歩いていた。ホテルに誘われた。婚約して以来、何度かあった。用事で忙しかったこともあって、行くことは無かったが、今日は断る理由が無かった。

婚約者と関係が全く無いことを、大学の友達が驚いていた。ゼミが終わった後、研究室の何人かと昼食をとっている時、何となく薫に言ってみたことがあったのだ。

「結婚が決まっているのならいいんじゃないの？　お父さんとの関係もあるし、滅多なことはないから。」

彼女は、有咲たちが関係することを当然のように受け入れている。恋人なのに、躊躇っていることを不思議に思っているようだった。

「もしかして、はじめて？」

薫が聞いて良いかわからず、有咲の顔色を伺いながら慎重に尋ねてきた。有咲はセンシティブな質問に、体裁を気にして返事に困っていると、

「なるほど、心の準備とかいるよね。無理すること無いんじゃない？」

　薫は理解を示そうとするかのように言った。

「わかる、わかる。破局したときが嫌なんでしょ？　別れて関係なくなっても、体のこと知られているみたいな感じとか。私は新田《にった》先輩と破局したけど、関係持つと、男の人って自慢するから、二重に傷つくのよね。言わないでって頼んだけれど。もちろん、付き合ってたんだから、言わなくても関係ありだと思われてると思うけど、曖昧にしておきたいじゃない？　男ってそれがわからないから。」

「新田先輩って、そんなに口が軽かったっけ？」

「そういう問題じゃないと思う。男の習性みたいなもんじゃないかと私は思ってる。」

　薫が真顔で話すので、有咲は何を言い出すのかと身構えた。

「男の人にしてみれば、メダルを勝ち取ったようなもので、それをみんなに知らしめたいのよ。男同士の関係で、パワーバランスが変わるのよ。」

「何それ、可笑しい。」

　有咲は、ケラケラ笑った。一緒にいた他のメンバーも、手を叩いて笑った。さっきから聞き耳を立てているとは思っていた。そうか、女性とは感覚が違うのか。有咲はなんとなく納得した。

「そういえば、女って、体を奪われるとか、処女を失うとか言うじゃない？　勝ち取る側と奪われる側で、他人に知られた時の感覚違うかも。なるほど、そういうことかな。」

「でも、武田先生とはちゃんと婚約しているわけだし、有咲を軽い女なんて、誰も思わないから。」

有咲は想像してみた。あの上品な武田先生が、自分との関係をあちこちで吹聴するなんてことあるだろうか？　吹聴とまで言わなくても、例えば、友人とか親しい人には言いそうな気がすると思った。

「所有欲の現れ？　とか、そういうのもありそう。俺のものだ、みたいな。」

「確かに。」

薫が頷いていると、他のメンバーも一緒に頷いていた。結局、男の考えることはわかるはずもなく、ある程度の納得が得られたところで、その話はそこまでになった。

武田は友人が多い。他人に言われることを前提に関係を持たなければならないと思った。女性は不利だ。

栄一にしてみれば皮肉なことに、彼の有咲に対する行為が、彼女の欲望を高めていた。武田先生もあの時の栄一のように私を情熱的に愛撫してくれるだろうか。今、主導権は有咲にあるが、欲望に身を任せれば、有咲は確実に彼の物ということになり、彼に主導権が移る。

武田は、有咲の肩を抱いて歩き出した。彼と寄り添って歩きながらも、まだ彼女の心は迷っていた。

なぜ決心がつかないのだろう？　彼が他にも女性がいるかもしれないと思って、警戒しているのだろうか？　それも少しあるような気がした。今更別れるようなことはないとは思うのだけれど。

彼の容姿の良さや育ちの良さは、勿論人気の理由だろう。しかしそれだけでなく、武田の仕事は地位や名誉と関連がある。彼の実績なら若くして教授に昇格し、世界的に名を知られるようになるだろう。さらに、彼は特許を多く取得しており、資産家だ。資産家の息子でもある彼は、生まれながらにして富裕層であり、そのまま一生を送るに違いない。彼の能力や人柄といった努力で得られそうな要素にも関わりなく、もてるだろう。女性が彼をめぐって争奪戦を繰り広げるのは当然なのだ。

学術界というのも、彼がもてる理由だろう。不安定な身分の女性スタッフが、大学には多数在籍していて、ステータス欲しさに、将来性のある男性を狙っている。魅力的なうえに、経済力があり、将来が約束された准教授の彼は絶好のターゲットだ。

常々有咲は、武田がなぜ自分を選んでくれているのか不思議に思っていた。武田の気を引くために努力してきたのは事実だ。そして彼は有咲を選んでくれた。しかし、劣等感から解放されたことは無い。ある日突如魅力的な女性が現れ、あっさり心変わりされそうな気がいつもしている。

毎日、何度も鏡で自分の姿を映して見て、鼻の形や目の大きさを気にしたりした。有咲は十分美しい女性ではあったが、ルックスにもコンプレックスを抱くようになった。そして聡明な女性でもあったが、能力にもコンプレックスを抱くようになった。自分の送ってきた十代が白紙のように感じられて、もっと良い教育環境であればよかったのにと思うようにもなった。武田を取り巻く研究者の世界には、高い能力を有した女性が数多くいる。彼女らと話す武田は楽しそうだ。きっと恵まれた教育環境にいた彼女たちは教養が高く、話題が尽きることがないのだろう。自分と話す武田が、少し退屈しているように感じていた。教育が全てだとは思わないが、納得のいく学校生活を送れなかったことが、コンプレックスを後押ししていた。

父がこんな性格の人ではなくて、家庭円満で愛されて育ち、恵まれた学校生活を送っていれば、性格もひねくれず、自信を持って武田先生の横にいられただろうか。底抜けに明るい女子学生たちが羨ましかった時期もあった。

父の後ろ盾があるとはいえ、私を選んでくれているのだから、自信を持つことに決めたはずだ。有咲は考えるのをやめた。

ホテルの前に来ていた。

メールの着信音が入った。スマホを見ると、栄一からだった。なぜか救われた気がして、開いた。

『それが君の結論か？』

それだけだった。

武田先生との会話を盗聴したのだろうか。咄嗟にそう思って、スマホをひっくり返してみたりした。もしそうだとすれば、栄一のやっていることは常軌を脱している。有咲は腹立たしく感じた。

それに栄一の言うことは、違う。私たちはもう婚約している。まだ学生だから、結婚は卒業後の方がいいだろうというだけのことなのだ。栄一に今の私の気持ちを伝えなければならない。

「なに？」

武田が覗き込んだ。

「なんでもない。」

あわててスマホを隠した。

有咲は、そんな気分ではないことなど理由に、断って帰ろうとした。

「送っていくよ。」

二人はそのまま歩いて大学へ戻り、武田の車に乗り込んだ。有咲が助手席に座るや否や彼は唇を押し付けてきた。しばらく抱擁し合った。

「いつになったら、君は僕を信用してくれるのかな。」

「えっ？」

「式の日取りを決めよう。卒業後すぐでいいんじゃないかな。」

「そうね。」

あまり考えずに言った。

劣等感や嫉妬に囚われ、武田の気持ちを考えていなかったかもしれない、と気付いた。

武田が車を走らせた。

「勉強、そんなに忙しいの？　卒研、もう終わったんじゃないの？　就職も決まったことだし、卒業旅行の計画でも立てたりして、ゆっくりしていいんじゃないの？　4月からまた忙しくなるんだし。」

「卒業式が終わったら、美咲たちとブロードウェイとラスベガスに行こうと言っているの。観たいショーが幾つもあるのよ。高くて全部は観られないけど、二つは観たいと思ってる。ニューヨークって美味しい物もたくさんあるし、太って帰ってくるかもしれない。」有咲は、楽しそうに笑いながら話した。「美咲が運転できるから、レンタカー借りてラスベガスまで行こうって言っているの。お金が無いからカジノじゃなくて、ショーを観るのよ。無料で観られるのよ。」

「それは楽しい思い出になりそうだな。その時期、僕も少し時間がとれるかもしれない。国内旅行なら行けるよ。」

「そうね。どこか田舎の方に行って、のんびりするのもいいわね。」

適当に返事をした。帰ってから、栄一になんて言おう。メールにしようかしら。それだと素っ気ないかしら。そんなことを考えていると、有咲の家の前に到着した。武田は少し怒っているようだった。

「お父さんとも離れ離れになるんだし、二人でゆっくり過ごしたら？」

「どうして急に父の話なんかするの？　仲のいい親子もいるだろうけど。私は、父とは縁が薄いと思っているの。私が9歳の時、母を捨てた人よ。そして、私が中学に入る頃には、私を捨てたわ。血は繋がっているから、父親ではあるんだけれど、あの人は私を好きではないのよ。」

武田が言った。

「お父さんはずっと君を気遣っていたよ。他の女性と付き合っている間も、君を呼び寄せることを考えていた。ただそれだけなんだけどね。教授はそういう人だ。」

育児放棄が、「そういう人」で済むことなのか、武田の感覚も理解しかねた。父は自分の体裁を気にしているだけだ。彼は恵まれて育っているので、父の人柄も私の心の痛みも、わからないのではなかろうか。優しい彼に、何か冷たいものを感じた。

怪訝な表情の彼女を見て、彼は続けた。

「君はとても苦労したとは思うよ。でも、今は何不自由なく大学生活を送り、希望の職に就き、そしてもうすぐ結婚もする。それはお父さんのお陰でもあるよ。親戚に預けられていた時、馴染めなくて家出したそうだけど、犯罪者とは言え、その男のお陰で君は助かったわけだ。犯罪者と縁ができてしまったかもしれないけれど、彼は君に害を与えない。君はやはり幸せな人じゃないかな？」

慰めようとしてくれているのかもしれない。私が父と不仲であると思うのは被害妄想だし、不遇な境遇から抜け出せて幸運なのにもかかわらず、過去の苦しみに未だに苛まれていることは、後ろ向きだとでも言いたげだ。父は良くなかったかもしれないけれど、私が思うほどじゃなくて、どちらかと言えば私の解釈の問題だから、考え方を改めるべきだと言いたいようだ。無理に前向きに考えさせようとしているようで、吹き出しそうになった。なんて幸せな人なんだろう。擦り傷しか負ったことのない人は、簡単に傷が癒えると思っている。彼に感化されて私も幸せになれるのかしら。有咲は、皮肉な気持ちになった。

車からそそくさと降りると、門の前に立って彼に向き直った。

「有難う。」

武田に手を振った。彼は、運転席から顔を出して笑顔で応えた。

「また。」

彼の車が見えなくなると、すぐに自宅に入り、紘一がいないことを確認して、自室に入った。スマホを取り出すと、電話をかけた。

栄一が電話に出た。

「今、アムステルダムにいる。そのうち日本へ行くから、会おう。」

それが本当かどうかなどどうでもいいのだ。

「言わないといけないことがあったの。私、あなたのおかげで生きていくことができます。

あなたと出会えなければ、私はたぶん死んでいたか、生きていても不幸な人生を送っていたと思うの。父から色々あなたのことを聞いたけれど、そんなことどうでもいい。栄一さんは命の恩人だという事実に変わりはないから。一生あなたを忘れないし、感謝して生きていくわ。栄一さんと過ごした日々はとても幸せだった。母を失って以来、はじめて私を大切にしてくれる人と時間を共に過ごせたから。大学を卒業して、資格試験にも合格して、心理職に就けました。東京の精神保健福祉センターに就職が決まったの。とても満足しているわ。それも伝えたかった。全てあなたのお陰だと思っています。」

「それは良かった。」つぶやくような声だった。

「それから、父が紹介してくれた武田さんと結婚します。彼は私にプロポーズしてくれたの。私も彼が好きです、とても。」

沈黙があった。

彼のむせび泣く声が聞こえた。

はじめて愛されていたことに気付いた気がした。しかし、もう終わったのだ。

夕飯の時、紘一が、卒業し就職も決まったことだし、すぐにも結婚するよう迫ってきた。まだ栄一のことを気にしているのだろう。

「栄一とは終わった。」

そう伝えた。紘一が、ほくそ笑んだ。

夕食を終え自室に戻ると、すぐ後から紘一が入ってきた。

「いつ結婚するか、武田先生と話し合いなさい。」

仕事が1年目は忙しいだろうと思った。まだ慣れない上に、勉強もまだ足りないだろう。3年目くらいに結婚し、妊娠するのがいいと思うと伝えたが、籍だけ今すぐ入れろと言う。武田の昇進にも影響すると言う。

武田からも、結婚しようと催促された。どうせ父の差し金だ、と思った。

武田に言わせれば、身の回りのことも助かるという。母親にいつまでも頼るのは悪いからと言って、強引に進めようとする。

男は女の人生など軽く見ているのではなかろうか。自分のパートナーが仕事でうまくいく方が、長い目で見れば夫にとっても良いに違いないのだが。それとも、新進気鋭の若手研究者と、しがない公務員の差とでも言うのだろうか。

家事負担が仕事に影響することは知っている。武田は家事の手を抜いて良いと言ってくれた。家事代行業を頼ってもいいとも言った。それでも、たぶん仕事に影響する。そういうものだ。妊娠したら、確実に、だ。

でも、と、有咲は考え直した。夫の世話と父親の世話とどう違うのだろう、同じ感じではなかろうか。不安はあるが早めに結婚することにした。父にうるさく言われなくて済むし、武田の心変わりの不安からも解放される。

愛されているというより、都合がいいのかもしれない、とふと思った。

4．越境

卒業式に卒業旅行、研究室や劇団での送別会と、目まぐるしく春休みを過ごした。

卒業研究発表会の前には、夏の出産に立ちあった。夏の意志にしたがって、堕胎手術はしなかったのだ。

出産前から赤ん坊を育てるのは、今の夏には難しいと思っていた。それは夏本人も感じていたようで、二人で話し合って、里親を探すことにした。見つかるまでは、赤ん坊をゆりかご病院に預けることにしていたが、運良くすぐに見つかり、産むと同時に赤ん坊を里親に届けることができた。夏が一人で里親に会いに行き、赤ん坊を頼んだと聞いた時は驚いた。

「だって、悪い親だったら、赤ちゃんが可哀そうだから。」

それを聞いて有咲は、思わず夏の勇気を称え彼女を抱きしめた。本当にそうだ。有咲も心からそう思った。

夏は、福祉専門学校の試験に合格し、自立就学支援を受けて進学することが決まった。学生寮にも入ることができたので、アルバイトで生活費を賄いながら通学することになった。

有咲も就職するので、来年度になれば夏と今までのように頻繁に会うことはなくなるだろうと思った。

新生活に夏は不安を感じているようだった。10年ぶりに学校生活が再開するのだから当然だ。有咲は夏の手を握り、幾度となく「大丈夫。」と言って聞かせた。

みんな一人だ。そう、みんな自立するのだ。


4月に入って、精神保健福祉センターでの仕事がはじまった。

相談件数が驚くほど多くかつ多岐にわたるため、一筋縄ではいかず、先輩からもらった分厚いマニュアルを見ながら奮闘しなければいけなかった。アルコール依存症に薬物依存症、精神疾患、知的障害、虐待、ハラスメント、無職、障害者、差別、離婚、貧困など、数え上げたらキリがなく、分類できない悩みもあった。

この世には、こんなにも悩みや苦しみが蔓延しているのに、それを解決できる答えは一体どこにあると言うのだろう、そんな気にもなった。しかし、少しでも生きる喜びを見出してほしい、医学や福祉学、心理学などで培われた解決策を一緒に模索し、何とか力になりたいと気持ちを奮い立たせた。

時に、多くの悩みと向き合い続けることは、有咲自身の心理的危機を感じさせることもあった。裸でナイフを振り回していた少年が連れてこられた日、その少年が相談室から逃げ出して有咲のいる部屋に入って来た時は、身の危険すら感じた。

仕事帰りに武田とディナーデートしたり、週末に二人で結婚生活の準備をしたりするのは楽しかった。もうすぐ幸せな生活の一歩を踏み出すのだ。夜遅く帰ってきても、紘一に叱りつけられることは無くなった。

「武田君といたのか。」

紘一が嬉しそうに言った。

「届けだけでも出したらどうだ。」

父は自分が不安なのだ。二人が破局するかもしれないとでも思っているのだろうか。籍を入れるまで、やいやい言われそうな気がした。

武田と話し合って、早めに区役所に届けることにした。

電話を入れると、武田の研究室を訪ね、婚姻届に二人で印を押した。武田は、有咲にわたした。

「明日届けておいて。僕は仕事で時間が取れない。」

「私の方も仕事があるから、週末になると思うけれど、それでいいのなら。」

「いいよ。そうと決まれば、次は引っ越しの日を決めよう。」

「仕事の合間に準備を進めるから、ゴールデンウィークには引っ越せると思う。」

「僕は、すぐ同居したいの。いつまでも親に世話焼かせるわけにいかないしね。忙しくて家のことに手が回らないんだ。それに、子供を例えば3人産もうと思えば、今から同居した方がいいんだよ。君は公務員だから、ゆっくりキャリアを積めるんじゃないの？　もちろん、少しでも早く一緒にいたいしね。」

優先順位のまま言っているように思われた。苦労しそうな気がした。それでも彼が好きなのだ。

父も同じことを言った。

「武田君は今、重要な時だ。支えてやれば、後々お前たちにとっていい結果を生む。だいたいお前の仕事は、急ぐようなものではないだろう。それに、結婚したからってすぐ子供ができるわけではない。」

有咲は嫌ではなかった。仕事と同じくらい、有咲にとって結婚生活は大切だった。新たに見つけた自分の居場所だ。そこは有咲の一生を保障する場所に違いない。夫の意思も大事にしたい。

今月中に引っ越すことにした。

段ボール箱に、大学で学んだ専門書やノートを入れた。空いたところに20冊ほど小説や文芸書も入れた。スキンケアセットにメイクセット、お気に入りのマグカップと弁当箱は、鞄に詰め込んだ。栄一のくれた洋服や小物は、高級品でセンスが良く、数を必要としなかったことが幸いして、靴や下着などを含めても、段ボール4、5箱に収まった。

こぢんまりとした荷物に自分でも驚いた。なんだか自分が安っぽくも感じられた。一方で、身軽で面倒くささが無くて、潔いようにも感じた。業者に頼むまでも無く、武田の車で引っ越すことにした。

引っ越しの準備の合間に、式の準備も進めた。

就労したばかりなので、職場の人は誰も呼ばないことにした。親戚の他には、学生時代の友人と恩師だけ呼ぶことにした。

夏も呼ぶことにした。彼女が家に泊まりに来た時、有咲は夏と恋愛話をしたことがあった。夏に幸福な結婚をしてほしいと思った。

武田は、仕事の関係者や友人が多く、絞り込んでも全体の参加人数の3分の2を占めた。

式は慎ましやかに行うことにした。


結婚式当日、二人を祝福するのにふさわしく抜けるような青空だった。

花嫁は、晴れやかな気持ちだった。人生の新しい章がはじまる瞬間を感じていた。

叔父叔母も呼んだ。一度も見せたことのない笑顔を向けてくれた。気まずさよりも、丸く収まったのが嬉しいようだった。

父との生活にも終止符が打てる。父は寂しそうでも何でもない、娘がやっと片付いたと安堵しているようだった。しかも自分の都合の良い婿だ。

白いバラで飾られたリムジンに、新郎新婦は乗り込んだ。皆が祝福のまなざしで見守っている。確かに皆が喜んでくれている結婚だ。そして花嫁は幸せになれると信じている。

車がゆっくり動きだした。

式場周辺を一周して隣接のホテルに戻ることになるはずだった。しかし、車は、反対方向に動き始めた。はじめ誰も気付かなかった。次に、二人は渋滞を避けようとしているのかもしれないと思った。街行く人々が祝福してくれるのに応えたりもしていたからだ。そして、いつまでもホテルに戻れないので、様子がおかしいことに気が付いた。

武田が恐怖を覚えたようで、運転手に声を荒げて言った。

「おい君、何やってる。早く戻ってくれ。」

運転手が振り向いた。その顔を見て、有咲は血の気が失せるのを感じた。

「君は、父親に騙されている。この男にも、だ。」

武田が声も出ないほど驚愕して凍り付いていた。

「それは違う、何もかもわかった上で、彼との結婚を決めたのよ。」

「それは判断ミスというものだ。確かに彼と君は好き合っているかもしれない。しかし、そこには理解も尊敬も無い。周囲が望むように、ちょうどいい所で手を打ったわけだ。」

武田が、身を乗り出すようにして威圧的に言い放った。

「わかった、君は栄一君だな。そうだ、僕たちはお互い認め合い、愛し合っている。結婚したんだ。君は無関係だ。さあ、戻ってくれ。」

「そうよ、私たちうまくいっているの。邪魔しないで。あなたは誤解しているわ。戻って頂戴。」

「嫉妬で嫌がらせか？　憐れな奴だ。誘拐は犯罪だぞ。君、結婚したければ、ちゃんと合法的に日本で働くんだな。君に見合った女は他にいるだろうよ。」

武田が軽蔑したように言うと、運転手がいきり立って反論した。

「法律なんて不完全だ。法律で一体どれほどの人が救えたというのか。無論、人類の知恵だよ、社会秩序を作り、多くの人々を救ってきたろうよ。しかし、それと同じだけそこから取りこぼされた人たちがいる。僕の父と兄は戦争で死んだ。今もたくさん人が死んでいる。君は専門馬鹿で狭い世界に生きているから、それから目を背け続けているんだ。」

「専門馬鹿とはなんだ。確かに僕は専門家だけれどね、良識は備えている。君の身の上の不幸は痛ましいことだし、戦争の悲劇は繰り返されるべきではない。しかし、これとは別問題だ。君のやっていることは違法だ。犯罪だ。だから、国籍を取得できずにいるんだ。そんなこともわからないのか。」

「あんたに何がわかる。僕たちは自分の身一つで自分の信じる通り生きてきた。何も僕たちを守ってくれなかった。そんなものに身を任す気はない。僕は僕が大切だと信じる者を失うわけにいかないんだ。」

激しい口論が、まさか新郎と新婦を乗せたリムジンの中で、運転手と繰り広げられているとは、通行人の誰も思わなかった。微笑ましく美しい花嫁を見て、幸福にあやかろうとしていた。

ホテルの二次会場では、いつまでも戻ってこない二人に、参加者やホテルスタッフの間に不安が渦巻いていた。

まさか。

はじめに気付いたのは紘一だった。慌ててホテルの支配人に伝えた。

「警察に連絡してくれ。犯罪者に娘夫婦がさらわれたかもしれん。」

支配人が、110番通報した。

「有咲先生。」

泣きだしそうになって夏が、ホテルを飛び出した。美咲が気付いて、夏を追いかけた。薫も後に続いた。

夏が有咲の乗ったリムジンが向かった方へ行こうとすると、フォルクスワーゲンが傍らに止まった。運転席から美咲が言った。

「乗って。」


「どちらかを選べ。この男とこのままハネムーンに行くのか、それともこの男を車から降ろして私と共に海外に行くかだ。」

「クレイジーだ。話が通じない。」武田が憤慨して言った。

「海外って？」有咲が、動揺を抑えながら尋ねた。

「シリアだ。」

「戦場だ。しかも、飛行機なんかに乗れるわけがない。」武田がイライラして言った。

「僕の自家用機だ。」

「彼女は僕の妻であり、仕事もあるんだ。常識を考えろ。」

運転手にそう言い捨てると、武田は有咲に向き直った。今まで見たことのない怖い表情だった。

「まさか、この男がまだ好きなどということは無いだろうな。」

有咲が何も答えずにいると、彼はまくし立てた。

「一時的な感情で、道を踏み外すな。天涯孤独になるぞ。いつ死んでもおかしくない犯罪者と、見知らぬ土地に駆け落ちか？　結婚なんかできるか。奴こそ、君を騙しているんだ！」


車が、滑走路に到着した。

すぐに、外国人が、数人近づいて来た。

「拉致されるぞ。」

武田が恐怖で縮み上がった。

「Ayman, All set.（アイマン、準備はできている。）」

「Thank you. Prepare for takeoff promptly.（感謝する。すぐ飛べるようにしておいてくれ。）Kawamura is the only pilot.（パイロットは川村だけだ。）」

栄一は、車を降り、自家用機に向かった。

続いて、有咲も車を降りた。

「有咲！　気が狂ったのか？」

武田が有咲のドレスを掴もうとしたが、掌をするりと抜けた。

有咲は、栄一を追いかけた。武田も急いで車から降りたが、頭の中が真っ白で追いかけることができなかった。不意打ちを受けて声を失ったまま呆然と有咲の後ろ姿を見送っていた。

「もっと早く日本に来るべきだったんだけどね。」

「栄一さん、シリアの難民キャンプに向かうの？」

「シリアに飛ぶんだ。僕の友人の安否が気になっている。経済危機で多くの人が貧困に苦しんでいるんだ。相変わらず紛争が終わらないしね。現地の人道支援団体と合流する。僕の友人がそこにいる。彼らに話を聞いてから支援活動に入る。」

足の速い栄一から遅れまいと、ウェディングドレスの裾を持って有咲は小走りで追いかける。栄一は横目で有咲を一瞥してから言った。

「日本人にも自殺しそうな可哀そうな奴は一杯いるだろう、かつての君みたいに。日本で平和に日本人の悩みを聞いてやるのも、素晴らしい生き方だ。インフラが崩壊し、命の危険に絶えず晒されている人々の苦しみに寄り添ってはやらないか？　教養ある君は、学校に行けない子供たちに算数や英語を教えてやれるだろう。心理士でもある君は、家族や友人を失った人々の悲しみにも寄り添うことができるに違いない。彼との人生は、安定した幸福を君に保証するものかもしれない。君は彼やお父さんの都合のいい女になっていればいいんだ。大丈夫だ。君は十分苦労したと思うよ、この国では。僕らから見れば楽園だけどね。それはそれで別の苦しみもあるさ。幸せになったっていいさ。テレビや新聞で見て可哀そうだからと言って、数万円ばかり寄付するだけでもいいんだぜ。」

栄一は自家用機の前で立ち止まると、有咲に向き直った。

「僕を愛しているなら、僕との人生を選べ。君を不幸にしない。勿論保証は無いさ。だから僕は君を縛るようなことはしない。君のすべてを愛し、精一杯君を幸福にするよう人生を捧げるだけだ。君は、僕の人生と向き合い、僕の哲学を受け入れなければならない。辛いこともあるだろう。それも僕と分かち合うのだ。僕は君を掠《さら》うようなことはしない。君が選択するんだ。」

栄一は自家用機に乗り込んだ。そして、タラップの上から向き直り、もう一度言った。

「さあ、乗るのか、帰るのか。まだあそこに車がある。あいつと帰ったっていい。友人にお別れを言っただけだと言い訳すればいいんだ。僕と来るなら、乗れ。」

サイレンを鳴らして、パトカー数台と白バイ数台が現れた。パトカーには紘一も乗っていた。滑走路から少し離れた所で、パトカーから降りようとする警官に言った。

「待ってくれ、娘がいる。刺激しないでくれ。テロリストかもしれないんだ。」

栄一が手を差し伸べた。有咲を救い続けた手が、救いを求めているようにも見えた。

「有咲、愛している。僕と一緒に来てくれ。」

背後でやっと武田が声を絞り出して叫んだ。

「有咲、行ったらダメだ。君には耐えられない。キャンプ生活なんて。しかもそいつは犯罪者だ。君まで命を落としかねない。後悔するぞ。道を踏み外すな！」

白バイが滑走路に入り、近付いてきた。

「早く！」

栄一が叫んだ。タラップが上がり始めた。

「私、あなたと一緒に行くわ。」

有咲が、差し出された手にしっかり自分の手を握らせた。

「えっ!?」

信じられない光景に、武田と紘一が唖然とした。

馬鹿な。

栄一に引き上げられ、有咲は自家用ジェット機に乗り込んだ。白いスカートが翻ったかと思うと、機内に隠れた。

「誘拐事件だが、被害者が自ら掠われた模様。」

警官が状況に驚いて、注視したまま動けずにいる。

「飛べ！」

栄一が操縦席に向かって叫んだ。ジェット機が、加速した。

「交渉は不成立だ。」警官が言った。「警察航空隊が来る。」

慌てて紘一が訴えた。

「ダメだ、娘が乗っている。私の娘だ。攻撃しないでくれ。」

「僕の妻です。見逃してください。」

武田も走り寄って言った。紘一が呆れて怒った。

「見逃してじゃない！　取り戻してくれ、だろ！」

有咲を乗せた飛行機が大空に去っていく。大きな鳥が羽ばたいていくように見えた。

遠い空に向かって機体が小さくなっていくのを、誰もがただ静観するだけだった。

紘一はフンと鼻を鳴らした。

「俺はもう知らん。」

武田は、ただ見守っていた。


空港の展望デッキで、夏が小さくなったプライベートジェットを見つめていた。

「栄一さん？……」

夏にとって掛け替えのない人を失ったはずだが、不思議と絶望しなかった。

「有咲先生……かっこいい！」

晴れ渡った大空に、一つの道筋のようなものを見た気がした。機体は陽の光を反射して一瞬強い輝きを放ったが、もう見えなくなっていた。

「有咲先生、行っちゃったねぇ。」

美咲がいつの間にか夏の横に来ていて、夏の肩を抱いた。

「大好きな有咲だもん。幸せになってほしいよ。」

美咲が涙を掌で拭いながら言った。

「人生色々あると思うけど、みんなで応援しなくちゃね。」

涙でくしゃくしゃになったまま夏は頷いた。

「有咲の馬鹿！」

薫が有咲の去った空に向かって叫んだ。


ジェット機の中で、長い間、栄一は有咲を抱きしめていた。

「4年も待った。」

栄一がつぶやくように言った。有咲の目から感涙がこぼれた。栄一の背中に手を回し、強く抱きしめた。


国境付近の難民キャンプで、医薬品や食料など様々な物資を詰め込んだ自家用ジェット機が降り立った。

Ayman!（アイマンだ！）

子供たちが追いかけてきた。小さな手を力一杯振っている。

人道支援団体と接触したのち、キャンプから少し離れた所にあるテントの一つに向かった。中にはコンピュータが所狭しと置いてあり、数人が仕事をしていた。

「How's work going?」

栄一が話しかけると、エンジニアのような男性が何やら外国語で話し出した。彼らは長い時間話していた。有咲は話の内容がわからないので、そのままテントの外に出ようとすると、栄一が有咲の方を見て言った。

「ここも僕の仕事場の一つだ。」

「ハッキング？」

有咲は皮肉めいたことを言ったが、

「君には色々説明しておかないといけない。」

栄一は笑って有咲の肩を抱いて、一緒にテントの外に出た。

「それも僕らの仕事なんだ。僕らはネットワークエンジニアなんだ。戦時中は敵の情報を集め、味方に知らせなければいけない。ハッキングは主に、犯罪組織の情報を集め、防衛するためのものだ。ハッカーの追跡も行っているしね。」

「ＯＫ.」有咲はにっこり微笑んだ。

信用が得られたと思い、栄一も安心したように微笑んだ。

「ところでずっと気になっていたんだけれど、あなたの名前は？」

不意を突くような有咲の二問目に、栄一はバツが悪そうに笑って答えた。

「心配するな、栄一だ。兄がアイマンだった。不信感を持たれないために、ここではそういうことにしている。志半ばで命を失った兄の意志を継ぐんだ。僕なりの方法でね。」

彼は砂まみれのパスポートをポケットから取り出して、彼女に見せた。有咲が納得したように頷くと、栄一は仕事場に戻って行った。


英語がわかる青年が話しかけてきたので、有咲は得意の英語を生かして、彼から難民キャンプの住民の様々な情報を得た。彼らが必要とする生活物資や医薬品を、状況を正確に把握するために、でき得る限り一人一人訪ねて手渡した。

川村は操縦士として何度か訪れているようで、慣れている様子だった。自家用機から少し離れたところに腰掛け、ワインを片手にラッパ飲みしながら荒地を眺めていた。

有咲も川村の横に来て、心を休めるかのように荒原を眺めた。

「ひどいもんだ。ちっとも良くならんね。俺もそうだけど、あんたもすごいな。まさか、あんたがな。俺は独り身だからいいんだけどな。」

「ここにはよく来てたの？　パイロットもできるなんて、驚いた。」

「航空学校に行ってたからよ。自衛官してたとき、俺怖くなって逃げたんだ。せめてもの償いだ。」

はじめて川村自身と話した気がした。

「俺もあんたと同じだ。ご主人は俺の恩人だから、俺は一生ついていくぜ。尊敬してるんだ。」

心強く感じて、有咲は燻っていた迷いが消え、自分を信じられるようになっていった。

有咲は、栄一に言われた通り、先ほどの青年アフマドに助けてもらいながら、子供たちに算数や英語など教えた。子供たちと一緒にクッペやマアムールを焼いて、皆で食べた。世界中で有名なミュージカルの歌を一緒に歌ったり、踊ったりした。彼らに流行りの歌を教えてもらったりもした。有咲は、彼らに愛された。

アフマドが将来日本へ行って、有咲とつき会いたいと言ったので、有咲は自分の年齢と婚約者のことを伝えなければいけなかった。

武田と父親に謝罪と無事を伝えるメールを送ったが、返事は来なかった。

数日後、栄一は有咲に自家用ジェット機に乗るよう指示した。

「僕らは、ある意味偽善者なんだ。」

栄一は、非常用に乗せていた食料や飲用水まで自家用機から下して、見送りに来た者たちに渡した。幾らかの金銭も子供たちに与えた。

「でも善人だ。」

栄一は笑って言った。有咲は頷いた。

アフマドは、見送りに来なかった。

6時間も移動して、閑寂な滑走路に降り立った。

着いたところは、ドイツだった。

川村が格納庫に自家用ジェット機を乗り入れると、黒いロールス・ロイスに乗り換えた。有咲と栄一も、乗り込んだ。

車が海岸線に沿って走り出した。

「僕は母が日本人だったことで、一応日本国籍を取得しているんだ。君の関係者には何かと無国籍扱いを受けたけどね。しかし、君の夫にはこれから住む国の国籍が必要だろうと思ってね。ドイツ国籍をも取得した。相当金がかかった。」

何かを思い出したように悔しそうにしてから、有咲に尋ねた。

「君はどうする？」

たいして考えることもなく、有咲は言った。

「あんな人でも、一応私の父親よ。日本人のままでいいわ。恩師や友達もいるし。」

「滞在許可証を更新すればいいだけのことだがな。」

栄一は、不法入国の口実を考え始めた。有咲は、よく考えてみた。

日本に何の未練も無いのに、面倒なだけではないか。多くの人は、故郷や家族をホームグラウンドにするのだろうけれど、残念ながら私にはそれが無い。私には栄一だけだ。栄一が私のホームグラウンドになってくれた。仮に彼の身に何かあっても、私は大丈夫だ。

彼と過ごした日々や彼が私にかけてくれた言葉の数々を胸に携えて生きていくことができる。彼の魂と共に生きていくだろう。

「そうね、面倒なだけだわ。ドイツ国籍って、どうやって取得するのかしら？」

郊外に出ると、大きな白い建物が見えてきた。車が近づくと、自動で門が開いたので、有咲は少し驚いた。そのまま車で邸宅前まで乗り入れた。玄関前に既に使用人が立っていて、トランクの荷物を運んでくれた。栄一について有咲も建物の中に入った。屋内はモダンな内装で、大きな窓から美しい海が一望できた。

「しばらくここに住むことになる。気に入るといいが。」

栄一はそうとだけ言ってどこかへ行ってしまったので、有咲はもう一度、一面の海に目を向けた。

使用人が、有咲の荷物を二階の寝室に運んでくれた。

有咲も二階に行くと、そこには白いウェディングドレスがハンガーにかけてあった。有咲が感激してドレスに見とれていると、栄一が部屋に入ってきた。ベールを有咲にかぶせてくれた。

栄一と有咲は、戸籍役場併設の式場で式を挙げた。戸籍局の職員と川村が見守るだけの簡素なものだった。

―エピローグ―

式を終え、有咲は一人自室で窓の外を眺めていた。遠くで海が白波を立てていた。着信音が鳴った。急いで見た。美咲からの祝福のメッセージだった。続いて、薫からも届いた。他にも、橘と日比野から祝福のメールが届いていた。心配する文面も見られた。異郷の地で、どうするのかまだ考えていなかった。自家用機の中で、栄一に大学院に進学するよう勧められたことを思い出して、ドイツの大学の情報を集めようと先ほどパソコンを立ち上げたばかりだった。

主な理由はドイツ語の習得だったが、大学院で人の心を科学的な観察対象として数値解析する最新の心理学を学ぶ価値はあると思った。精神保健福祉センターでは、マニュアルと格闘しながら情報集めに奔走していた。救いきれない人々に対し、無力感を感じることもあった。既にある方法論に従うだけではなく、一人でも多くの人が幸せになれる方法を、自ら考えることができるのではないか。進学して、心理療法士の医師免許を取得しようと思いはじめていた。

しばらくしてまた着信音が鳴った。

「夏ちゃん。」

福祉専門学校で友達ができたことや勉強も順調だということが、感謝の言葉とともにたどたどしい文面で書かれていた。

「そんなに焦らなくてもいいのに。」

有咲はもう一度窓の外を見た。

「よかった、夏ちゃん。」

ノックの音がした。栄一が入ってきた。何も話す必要は無かった。二人は縺れ合うように白いシーツに滑り込んだ。

おわり

著者プロフィール

大多喜 けい（おおたき けい）

滋賀県出身。兵庫県在住。

奈良女子大学理学研究科で生物科学を学ぶ。

大学と企業で研究員を務めたのち、神戸女子大学教育学科で教育ツールの開発と植物工学による環境改善のための研究に取り組んでいる。

日々のニュースを見て、どん底から這い上がる若者の話を書こうと思い立ち、小説執筆に取り組んだ。

有咲《ありさ》の選択

2024年6月15日　初版第1刷発行

著　者　大多喜 けい
発行者　瓜谷 綱延
発行所　株式会社文芸社
〒160-0022　東京都新宿区新宿1－10－1
電話　03-5369-3060（代表）
03-5369-2299（販売）

印　刷　株式会社文芸社
製本所　株式会社MOTOMURA

ISBN978-4-286-25409-8